60 PLANTES QUI SOIGNENT

2023

L'AGENDA DU JARDINIER BIO

ET SON CALENDRIER LUNAIRE

Textes **Eve Gaignard**
et Antoine Bosse-Platière pour le calendrier lunaire
Illustrations **Déborah Bécot / Rhizomes**

terre vivante

Livre éco-conçu

Terre vivante a réalisé en 2010 la première analyse du cycle de vie (ACV) d'un livre en France. Cette étude nous a permis d'identifier les impacts de la fabrication d'un livre sur l'environnement, dans l'objectif de les limiter. Pour en savoir plus : *Fabriquer des livres, quels impacts sur l'environnement ?* sur www.terrevivante.org

Le papier choisi pour cet ouvrage est issu de pâte vierge produite écologiquement en Europe à partir de forêts gérées durablement.

Ce livre est de plus imprimé en France, par un imprimeur soucieux de préserver l'environnement à travers des actions d'économie d'énergie, de valorisation des déchets, d'utilisation de produits moins nocifs pour la santé des travailleurs...

Depuis 1979, la Scop Terre vivante vous fait partager ses expériences en matière d'écologie pratique : jardinage bio, habitat écologique, alimentation saine et bien-être, consommation responsable... à travers :
- l'édition de livres pratiques,
- le magazine *4 Saisons*,
- des jardins écologiques proposant des stages pratiques,
- un portail Internet : www.terrevivante.org

Terre vivante, 169 chemin de Raud, domaine de Raud, 38710 Mens
Tél. 04 76 34 80 80
email : info@terrevivante.fr
www.terrevivante.org

Les données astronomiques figurant dans cet agenda nous sont aimablement fournies par le très officiel institut de mécanique céleste et de calcul des éphémérides (www.imcce.fr)

Direction éditoriale : Brigitte Michaud
Coordination éditoriale : Émilie Escoulen
Relecture : Inès Hubert
Conception et réalisation graphique : David Cosson (dazibaocom.com)
Photogravure : C'limage

ISBN : 978-2-36098-723-8

Sommaire

CARTE CLIMATIQUE

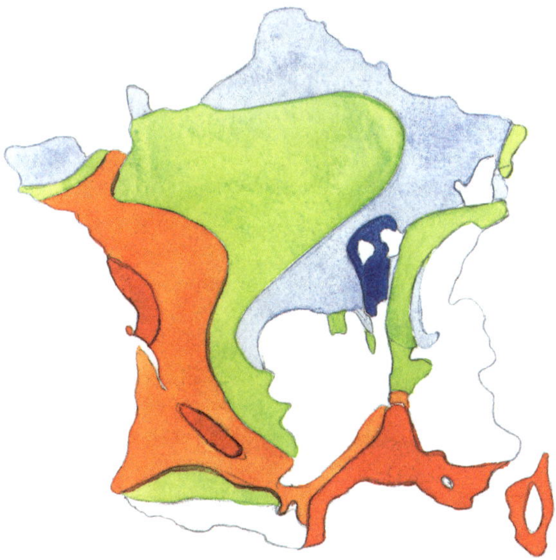

- Zone de référence
- Retard de 0 à 10 jours
- Retard de 10 à 20 jours
- Avance de 0 à 10 jours
- Avance de 10 à 20 jours
- Zone montagneuse : en montagne, l'altitude et l'exposition ont des influences qui varient beaucoup sur de courtes distances. Prendre pour base les régions de plaine voisines et apporter une correction d'environ 4 jours de retard pour 100 m.

D'après l'*Atlas agroclimatique saisonnier de la France*, ministère des Transports, 1980.

Cette carte indique l'avance ou le retard de la végétation dans les différentes régions de France par rapport à la zone de référence verte. Dans l'*Agenda*, les travaux de quinzaine sont indiqués pour la zone de référence. Pour les travaux de printemps, tenir compte des décalages indiqués ci-dessus ainsi que du calendrier phénologique.

Lune rousse et saints de glace

La lune rousse est la lunaison qui suit celle de Pâques. En cette période, les sols ne sont pas encore bien réchauffés et la présence de la lune dans un ciel nocturne bien dégagé signale un risque de gelée « blanche » qui peut faire « roussir » les jeunes pousses.
Les saints de glace (Mamert, Pancrace et Servais) correspondent à des dates fixes (11, 12 et 13 mai) qui marquent traditionnellement les derniers risques de gelée de l'année. Ils sont rappelés dans l'Agenda.

Calendrier phénologique

Pour mieux adapter les travaux du potager à l'avancement réel du printemps, on prendra comme point de repère la floraison de certaines espèces courantes (cela s'appelle la phénologie). Les dates du calendrier phénologique sont données au printemps pour la zone de référence. Dans toutes les régions, on s'efforcera de réaliser les travaux conseillés au moment où fleurissent les plantes citées dans le calendrier phénologique.

CALENDRIER 2023

JANVIER	FÉVRIER	MARS	AVRIL	MAI	JUIN
1 D	1 M	1 M	1 S	1 L	1 J
2 L	2 J	2 J	2 D	2 M	2 V
3 M	3 V	3 V	3 L	3 M	3 S
4 M	4 S	4 S	4 M	4 J	4 D ○
5 J	5 D ○	5 D	5 M	5 V ○	5 L
6 V	6 L	6 L	6 J ○	6 S	6 M
7 S ○	7 M	7 M ○	7 V	7 D	7 M
8 D	8 M	8 M	8 S	8 L	8 J
9 L	9 J	9 J	9 D	9 M	9 V
10 M	10 V	10 V	10 L	10 M	10 S ◖
11 M	11 S	11 S	11 M	11 J	11 D
12 J	12 D	12 D	12 M	12 V ◖	12 L
13 V	13 L ◖	13 L	13 J ◖	13 S	13 M
14 S	14 M	14 M	14 V	14 D	14 M
15 D ◖	15 M	15 M ◖	15 S	15 L	15 J
16 L	16 J	16 J	16 D	16 M	16 V
17 M	17 V	17 V	17 L	17 M	17 S
18 M	18 S	18 S	18 M	18 J	18 D ●
19 J	19 D	19 D	19 M	19 V ●	19 L
20 V	20 L ●	20 L	20 J ●	20 S	20 M
21 S ●	21 M	21 M ●	21 V	21 D	21 M
22 D	22 M	22 M	22 S	22 L	22 J
23 L	23 J	23 J	23 D	23 M	23 V
24 M	24 V	24 V	24 L	24 M	24 S
25 M	25 S	25 S	25 M	25 J	25 D
26 J	26 D	26 D	26 M	26 V	26 L ◗
27 V	27 L ◗	27 L	27 J ◗	27 S ◗	27 M
28 S ◗	28 M	28 M	28 V	28 D	28 M
29 D		29 M ◗	29 S	29 L	29 J
30 L		30 J	30 D	30 M	30 V
31 M		31 V		31 M	

Périodes de lune descendante.

Périodes de lune montante.

● Nouvelle lune

◗ Lune croissante : premier quartier

◖ Lune décroissante : dernier quartier

○ Pleine lune

Jours fériés

Saints de glace

JUILLET	AOÛT	SEPTEMBRE	OCTOBRE	NOVEMBRE	DÉCEMBRE
1 S	1 M ○	1 V	1 D	1 M	1 V
2 D	2 M	2 S	2 L	2 J	2 S
3 L ○	3 J	3 D	3 M	3 V	3 D
4 M	4 V	4 L	4 M	4 S	4 L
5 M	5 S	5 M	5 J	5 D ◖	5 M ◖
6 J	6 D	6 M	6 V ◖	6 L	6 M
7 V	7 L	7 J ◖	7 S	7 M	7 J
8 S	8 M ◖	8 V	8 D	8 M	8 V
9 D	9 M	9 S	9 L	9 J	9 S
10 L ◖	10 J	10 D	10 M	10 V	10 D
11 M	11 V	11 L	11 M	11 S	11 L
12 M	12 S	12 M	12 J	12 D	12 M
13 J	13 D	13 M	13 V	13 L ●	13 M ●
14 V	14 L	14 J	14 S ●	14 M	14 J
15 S	15 M	15 V ●	15 D	15 M	15 V
16 D	16 M ●	16 S	16 L	16 J	16 S
17 L ●	17 J	17 D	17 M	17 V	17 D
18 M	18 V	18 L	18 M	18 S	18 L
19 M	19 S	19 M	19 J	19 D	19 M ◗
20 J	20 D	20 M	20 V	20 L ◗	20 M
21 V	21 L	21 J	21 S	21 M	21 J
22 S	22 M	22 V ◗	22 D ◗	22 M	22 V
23 D	23 M	23 S	23 L	23 J	23 S
24 L	24 J ◗	24 D	24 M	24 V	24 D
25 M	25 V	25 L	25 M	25 S	25 L
26 M ◗	26 S	26 M	26 J	26 D	26 M
27 J	27 D	27 M	27 V	27 L ○	27 M ○
28 V	28 L	28 J	28 S ○	28 M	28 J
29 S	29 M	29 V ○	29 D	29 M	29 V
30 D	30 M	30 S	30 L	30 J	30 S
31 L	31 J ○		31 M		31 D

VACANCES SCOLAIRES

Zone A
(Besançon, Bordeaux, Clermont-Ferrand, Dijon, Grenoble, Limoges, Lyon et Poitiers)

Zone B
(Aix-Marseille, Amiens, Caen, Lille, Nancy-Metz, Nantes, Nice, Orléans-Tours, Reims, Rennes, Rouen et Strasbourg)

Zone C
(Créteil, Montpellier, Paris, Toulouse et Versailles)

Les dates de rentrée scolaire, vacances de la Toussaint et vacances de Noël 2023 n'ont pas encore été communiquées officiellement au moment de la parution de cet agenda.

MODE D'EMPLOI DU CALENDRIER LUNAIRE

Énormes succès d'édition, les calendriers lunaires aident beaucoup de jardiniers à organiser leur travail au jardin, mais ils restent très controversés. Qu'en est-il de l'influence réelle de la lune sur les plantes et quels sont les rythmes à prendre en compte ?

Lorsqu'elle s'applique aux végétaux, la chronobiologie – qui étudie toutes les manifestations rythmiques des processus vitaux – nous rappelle d'abord une évidence, l'importance cruciale des deux principaux rythmes solaires : le rythme annuel des saisons et celui quotidien de l'alternance jour-nuit. Pour ce qui est des cycles lunaires et de leur influence supposée sur les plantes, on trouve une abondante littérature issue du courant biodynamique avec de très nombreux essais expérimentaux, mais qui ne répondent pas aux standards scientifiques.

Influence réelle mais très subtile

Il existe cependant des études scientifiques récentes (notamment celles citées par Ernst Zürcher dans son livre *Les arbres entre visible et invisible*) qui confirment notamment l'importance du cycle synodique (lune croissante-décroissante) sur la croissance des végétaux ainsi que sur les dates d'abattage et les propriétés du bois. Les autres cycles lunaires semblent avoir eux aussi une influence qui confirme certaines pratiques traditionnelles et biodynamiques, mais ces influences sont très difficiles à mettre en évidence, subtiles et complexes. Gardons-nous donc d'accorder une trop grande importance aux influences lunaires, qui, avec leurs cinq rythmes différents, tendent à transformer le calendrier lunaire en un carcan d'injonctions et de contraintes qui peuvent faire oublier les règles de bon sens et d'agronomie bien comprises.

Pour tenter d'approfondir le sujet, nous nous sommes fortement appuyés sur l'expérience de Pierre Masson, conseiller en biodynamie, qui a beaucoup étudié ces questions avec une approche non dogmatique basée sur de très nombreux essais et observations. Nous vous proposons donc un calendrier remanié et moins contraignant qui donne priorité aux deux premiers rythmes lunaires, sans pour autant oublier les trois autres :

Lune croissante et décroissante

La lune croissante est favorable aux semis, mais évitez les jours de pleine lune et de nouvelle lune. En hiver, la lune croissante serait favorable à l'abattage du bois de feu. Les jours de lune décroissante, proches de la nouvelle lune, seraient quant à eux favorables à la plantation des pommes de terre, à la tonte de la pelouse (qui repousserait moins vite), ainsi qu'à l'abattage du bois d'œuvre (en hiver).

Lune croissante

Lune décroissante

Lune montante et descendante

La première semble favorable aux semis et stimulerait les parties aériennes (récolte des légumes-feuilles et des fruits, de préférence le matin), tandis que la lune descendante serait favorable aux plantations, au travail du sol, aux boutures, à la taille, à la récolte des légumes-racines. Notons que la lune croissante et la lune montante sont souvent décalées et que cela permet d'avoir de longues périodes favorables aux semis chaque mois.

Lune montante

Lune descendante

Passage de la lune devant les constellations

L'importance de ce rythme mis en avant par Maria Thun est contestée, y compris par nombre de biodynamistes comme Pierre Masson qui ne parviennent pas à reproduire ses résultats. Des essais menés par Ernst Zürcher, chercheur à la Haute École du bois de Berne, sur les dates d'abattage du bois et ses propriétés, montrent pourtant quelques différences statistiquement significatives. Cette influence semble être extrêmement subtile et difficile à étudier. Nous avons conservé les indications de jours « feuilles », « fruits », « racines » et « fleurs », mais sommes réservés sur l'influence supposée de telle constellation sur telle partie de la plante.

Nœuds lunaires

Deux fois par mois, la trajectoire de la lune traverse le plan de l'écliptique et il semble que ce moment ait un effet perturbateur sur toutes les activités agricoles. Il durerait à peu près 12 heures (6 heures avant l'heure indiquée et 6 heures après). Dans *L'Agenda*, les nœuds sont indiqués en abrégé : NA : nœud ascendant, ND : nœud descendant.

Apogée et périgée

L'orbite de la lune étant elliptique, elle passe par son apogée (où la distance avec la terre est maximale), ce qui renforcerait l'influence des forces solaires et serait défavorable aux semis ; puis la lune passe par son périgée (distance minimale avec la terre) d'où une influence plus marquée des forces d'eau et de croissance, favorables aux semis, mais aussi aux maladies.

Expérimenter

Les deux premiers rythmes sont les plus importants. Pour les autres, expérimentez. Mais gardez en mémoire que l'influence – supposée – de la lune est bien moindre que celle du soleil et que les conditions agroclimatiques doivent toujours primer sur les indications du calendrier lunaire.

LA LUNE ET LES CONSTELLATIONS

TERRE Taureau - Vierge - Capricorne

Plantes-racines
Ail, betterave, carotte, céleri-rave, chou, crosne, échalote, endive (semis), navet, oignon, panais, pomme de terre, radis, salsifis, scorsonère, topinambour, engrais verts.

Les jours « racines » seraient favorables à tous les travaux concernant ces plantes et notamment les récoltes pour assurer une bonne conservation.

AIR Gémeaux - Balance - Verseau

Plantes-fleurs
Plantes mellifères, aromatiques dont on récolte les fleurs, fleurs ornementales, chou-fleur et chou brocoli.

Les jours « fleurs » seraient notamment favorables à la récolte des fleurs coupées et des fleurs séchées.

EAU Poisson - Cancer - Scorpion

Plantes-feuilles
Aromatiques, arroche, artichaut, asperge, bette, cardon, céleri-branche, chicorée, chou, cresson, endive (forçage), épinard, fenouil, laitue, mâche, poireau, rhubarbe, tétragone.

Les jours « feuilles » seraient favorables à tous les travaux concernant les légumes-feuilles, à l'exception des légumes à stocker. Pour ce faire, préférez les jours « fleurs » ou « fruits ».

FEU Bélier - Lion - Sagittaire

Plantes-fruits
Aubergine, concombre, courge, fève, fraisier, haricot, maïs, melon, piment, pois, potiron, tomate, céréales.

Les jours « fruits » seraient favorables à tous les travaux concernant ces plantes et notamment à la récolte des semences.

LE JARDIN MÉDICINAL

La diversité végétale est si vaste qu'on ne compte plus tous les bienfaits des plantes à disposition et à portée de main. Dans chaque petit coin de notre jardin, quels que soient les espaces créés, les plantes sont là pour nous nourrir, nous protéger, égayer nos sens ou encore héberger nos indispensables auxiliaires et partenaires de vie. Elles participent à l'équilibre du biotope, réparent le sol et soignent tous ses habitants, humains y compris !

Arbres, arbustes, arbrisseaux, vivaces, annuelles et pluriannuelles, légumes ou spontanées, autant de ressources présentes pour implanter notre jardin en fonction de l'environnement, du climat, des différents biotopes, de la nature du sol, des plantes déjà existantes et indicatrices et, bien sûr, de nos besoins thérapeutiques et nourriciers. Reconnaître et cultiver les plantes qui soignent au jardin, c'est créer sa « pharmacie naturelle » afin de tendre vers toujours plus d'autonomie et de bien-être.

Les plantes médicinales[1] ne sont pas une famille à part, elles sont partout autour de nous, que ce soit dans nos haies protectrices, dans les arbres isolés, dans les bordures et massifs, au potager, au verger ou dans les bandes de jachères fleuries et d'engrais verts. Tout est question d'usages… Au vu de l'immense choix qui nous est offert – plus de 650 plantes sont répertoriées dans la pharmacopée[2] européenne, avec des propriétés diverses pour une même plante –, je suis convaincue que celles qui nous entourent et vivent avec nous sont les plus adaptées pour répondre à nos besoins et à notre terrain. Nous sommes un tout !

Le cycle biologique de la plante et ses différents stades de maturité guident notre calendrier de culture et de récolte. Toutes les parties de la plante (écorce, racine, feuilles, bourgeons, fleurs, fruits ou graines) contiennent une ou plusieurs drogues végétales. Une fois séchées, elles se conservent une année, au sec et à l'abri de la lumière (voir conseils de séchage p. 11). De l'infusion à la macération, pour un bon usage, les conditions de récolte sont primordiales. Alors récoltons, séchons, stockons, transformons... Prenons ces douze mois pour découvrir autrement et expérimenter les bienfaits de notre jardin.

Et, ne l'oublions pas, le premier soin que l'on puisse s'apporter est de se relier à la terre...

Certains termes relatifs aux propriétés médicinales sont définis dans un glossaire, à consulter sur le deuxième rabat de couverture.

[1] Une plante est dite médicinale quand, à l'état pur (donc n'ayant subi aucune transformation), elle contient dans une ou plusieurs parties une drogue végétale appelée principe actif en raison de ses effets thérapeutiques.

[2] Les pharmacopées ont été créées pour valider et reconnaître les plantes médicinales et leurs usages, pour déterminer les teneurs en principes actifs et les dosages. Il s'agit d'un inventaire officiel sous forme de monographies de plantes utilisées traditionnellement et reconnues pour leurs effets thérapeutiques.

RECOMMANDATIONS

Usages et posologie

- Une simple tisane mal employée, sans connaissance des effets de la plante ou du dosage, peut avoir des effets indésirables pour la santé.

- Toutes les plantes présentées sont disponibles sans ordonnance en pharmacie sous différentes formes avec des posologies conseillées et ciblées. Elles disposent d'une monographie de contrôle dans la pharmacopée européenne.

- Pour un usage autonome à la maison, un ouvrage de référence est nécessaire pour les posologies. Je vous recommande : *300 plantes de France et d'ailleurs* de Claudine Luu et Annie Fournier (éd. Terre vivante, 2020), *1 000 remèdes à faire soi-même* de Claudine Luu (Guide Terre vivante, 2022), ou encore *La Phytothérapie, se soigner par les plantes*, du Dr Jean Valnet (éd. Le Livre de Poche, 1986) et *Du bon usage des plantes qui soignent* de Jacques Fleurentin (éd. Ouest France, 2018).

Reconnaissance, identification et nom botanique

- Lorsque l'on choisit des végétaux dans le but de les implanter dans son jardin pour des usages médicinaux, il est indispensable de se référer au nom botanique de la plante (en latin) pour éviter toute confusion.

- Pour les plantes dites « spontanées » du jardin, le moindre doute sur l'identification doit faire appel au bon sens : comme pour les champignons, ne les goûtez pas, le pharmacien sera d'un recours précieux si votre ouvrage de référence sur la flore botanique ne suffit pas.

Interactions

- Les traitements à base de plantes et ceux utilisant des médicaments de synthèse peuvent tout à fait être associés. Il n'est cependant pas recommandé d'opérer soi-même ce genre de combinaison, car les risques d'interactions entre les plantes et les médicaments de synthèse sont réels.

- Lorsque l'on prend des plantes médicinales, il est important de le mentionner à son médecin traitant ou à son pharmacien. Certaines peuvent être contre-indiquées ou avoir une interaction avec la prise de médicaments.

Ce livre ne peut en aucun cas remplacer un avis médical. L'auteur et l'éditeur ne sauraient être tenus pour responsables quant aux conséquences provenant d'un emploi, abusif ou non, de l'ensemble des informations contenues dans ces pages.

CONSEILS DE SÉCHAGE

Le calendrier de récolte dépend du cycle et du stade de maturité des parties de la plante à récolter :

- les racines se récoltent en automne ou au début du printemps juste avant que la plante démarre son cycle végétatif,
- le bois et l'aubier en hiver,
- l'écorce ainsi que les bourgeons avant la fin de l'hiver ou en tout début de printemps (avant que la feuille débourre),
- les feuilles avant la sortie des organes reproductifs, principalement au printemps,
- les tiges herbacées avant la floraison,
- les fleurs avant leur épanouissement complet,
- les fruits lorsqu'ils sont mûrs,
- et les semences une fois sèches sur pied.

Les conditions de séchage vont déterminer la qualité du principe actif recherché dans la plante et sa conservation. Voici quelques principes de base pour un séchage à la maison :

- à l'abri de la lumière,
- dans une pièce ventilée (les aérations de portes sont réglementées aujourd'hui pour la circulation d'air, il n'est pas nécessaire d'ouvrir la fenêtre, sauf en été pendant quelques heures par jour, volets fermés),
- et surtout dans un endroit sec (par exemple, pas en cave, grange ou grenier qui véhicule la poussière, nocive pour nos voies respiratoires).

Une fois récoltées, on dispose les fleurs, les feuilles détachées de leurs tiges, les racines préalablement tronçonnées, ou la plante entière sur des claies ou des cagettes retournées. Il est impératif qu'il y ait une circulation d'air de bas en haut sur le support. On peut ainsi empiler plusieurs claies les unes sur les autres. Un cadre en bois sur lequel on fixe une moustiquaire est idéal pour les petites fleurs. Pensez à ne pas superposer plusieurs couches de feuilles ou autres parties de plantes les unes sur les autres. Certaines plantes peuvent sécher en bouquet suspendu – comme les Labiées – néanmoins, le séchage est plus long et moins efficace.

Les principes actifs des plantes séchées se conservent un an, en lieu sec, à l'abri de la lumière dans des bocaux en verre de préférence.

PLAN DU POTAGER

DE PLANTE SORCIÈRE À PHYTOMÉDICAMENT, L'INVINCIBLE DES JARDINS

La petite pervenche

La petite pervenche, que j'aime nommer « bergère des arbres » dans les sous-bois, est aussi la petite vivace qui fleurit nos massifs presque toute l'année. Robuste, tapissante et invincible avec son feuillage toujours intact au fil des saisons, elle est un excellent couvre-sol avec ses tiges pouvant aller jusqu'à deux mètres de long – si, bien entendu, on lui réserve une place à l'ombre !

Dans les pervenches, il y a trois espèces aux propriétés identiques : *Vinca major*, la grande pervenche, *Vinca difformis*, la moyenne, et *Vinca minor*, la petite pervenche ou violette des sorciers. Cette dernière est celle qui, historiquement, a nourri imaginaires et croyances, celle dont l'usage populaire remonte à très très loin, bien avant que l'utilisation de ses feuilles soit reconnue médicalement. Cette rampante, rustique jusqu'à -30 °C et persistante, est l'une des rares plantes officinales dont on peut récolter les feuilles (vert foncé et luisantes) toute l'année.

C'est de ses feuilles que l'on extrait la vincamine, un principe actif reconnu pour son action thérapeutique sur les troubles liés à une mauvaise circulation sanguine cérébrale. En plus de son effet hypotenseur, la petite pervenche permet une meilleure irrigation du cerveau par un accroissement du débit sanguin. C'est un remède naturel puissant pour traiter les troubles neurologiques liés à la sénescence, comme la mémoire, mais aussi ceux de la vision, de la concentration ou de l'audition (notamment les acouphènes, les vertiges et les pertes d'équilibre).

C'est sans surprise que *Vinca minor* – du latin vaincre (qui repousse les maladies) –, jadis réputée comme l'une des plus puissantes plantes de sorcières, est aujourd'hui reconnue par l'Agence nationale de sécurité du médicament et des produits de santé (ANSM) et inscrite dans la pharmacopée européenne. À utiliser en décoction, avec 30 g de plante fraîche ou 15 g de plante sèche pour ½ L d'eau.

PLANTATION : de mars à mai **PARTIE UTILISÉE :** feuilles **RÉCOLTE :** de janvier à décembre **CONTRE-INDICATIONS :** ne pas utiliser durant la grossesse ; un traitement à la vincamine est contre-indiqué en cas de tumeur cérébrale.

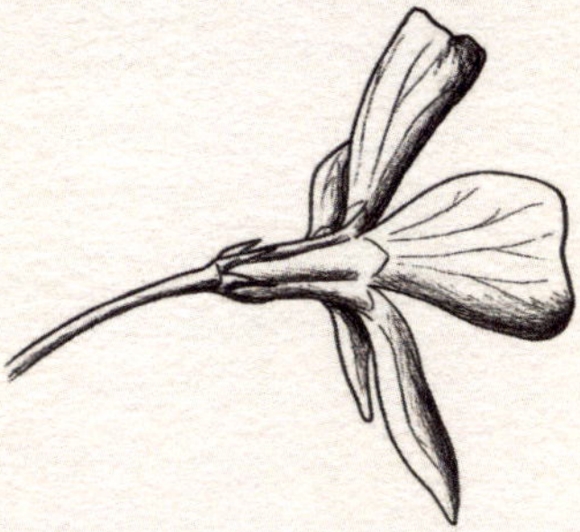

Petite pervenche

VINCA MINOR

Violette des sorciers, bergère

Janvier

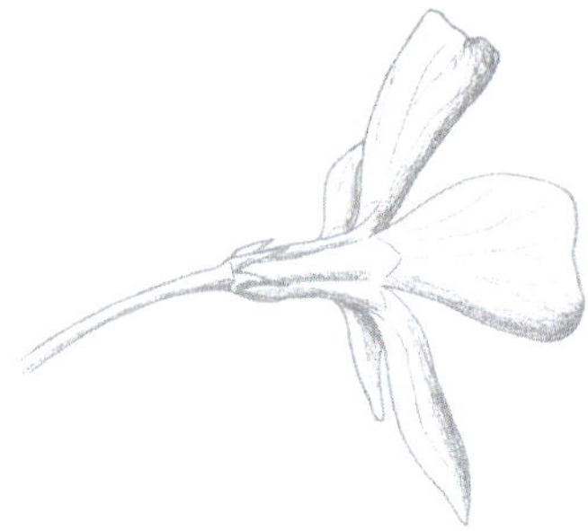

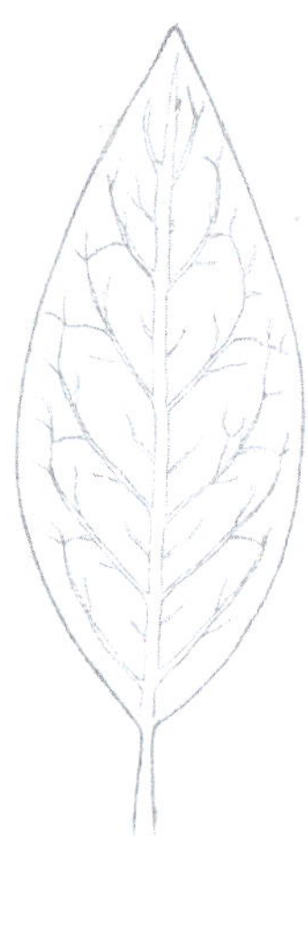

lundi
26

02h02

mardi
27

mercredi
28

07h44

jeudi
29

vendredi
30

samedi
31

18h47

NA 16h24

dimanche
1er

Jour de l'an

Janvier

TRAVAUX DU JARDIN

1re QUINZAINE

Au potager

- Faites le plan de votre futur jardin et passez vos commandes de graines.
- Posez les nichoirs à oiseaux.
- Taillez et bouturez groseilliers et cassissiers.

Au verger

- Badigeonnez le tronc des fruitiers.
- Faites vos plantations d'arbres et arbustes.
- Prélevez les greffons sur les fruitiers.

Au jardin d'ornement

- Nettoyez vos outils.
- Taillez les branches mortes sur les arbres et arbustes.

Du côté des médicinales

- Récoltez les bourgeons entre la fin de l'hiver et le début du printemps, dès leur apparition et avant la montée totale de la sève dans la plante.
- Pensez à respecter la structure de la plante lors de la récolte en privilégiant les bourgeons au centre de la ramure. Avec 250 g de bourgeons, on obtient 7 flacons de 15 mL de macérat après filtrage.

Janvier
Semaine **1**

18h30

16h16

22h21

lundi
2

mardi
3

mercredi
4

jeudi
5

vendredi
6

samedi
7

Apogée 10h19

dimanche
8

Janvier

Le pissenlit, une indestructible racine aussi puissante que ses bienfaits

Les feuilles, les fleurs en boutons, les racines, tout se mange dans le pissenlit (*Taraxacum officinale*), appelé aussi laitue de chien ! Cette petite Astéracée est si commune et se répand si spontanément (1200 espèces rien qu'en Europe) qu'il n'est pas nécessaire d'en faire la culture. Plante vivace des prairies pâturées et des jardins, elle se présente à nous comme un trésor quand les feuilles se font rares au potager. Connu de tous, le pissenlit pousse partout, au grand désarroi du jardinier enquiquiné par sa racine robuste et profonde. N'oublions pas qu'une fois récoltée, tronçonnée, fraîche ou séchée, et préparée en décoction (30 g par litre d'eau), cette racine devient un excellent diurétique pour l'ensemble du corps, drainant et dépuratif.

Les galbules du cyprès femelle pour l'insuffisance veineuse

Rustique jusqu'à -20 °C et résistant à la sécheresse, le cyprès (*Cupressus sempervirens*) est cultivé à des fins ornementales pour l'élégance de son port typique des jardins méridionaux. Espèce monoïque, ses fruits, les noix ou galbules, sont des cônes fructifères femelles et se récoltent en janvier quand ils sont bien verts et charnus. Une fois devenus ligneux, ils perdent leurs propriétés thérapeutiques. Le cyprès est un tonique circulatoire, un décongestionnant veineux et un vasoconstricteur. En décoction (10 à 30 g de noix séchées et concassées pour 1 L d'eau), il sera un bon allié contre les varices, les jambes lourdes ou les hémorroïdes. Attention, son pollen transporté par le vent est allergène…

Janvier

Semaine 2

lundi
9

13h36

mardi
10

mercredi
11

13h19

jeudi
12

vendredi
13

samedi
14

dimanche
15

Janvier

TRAVAUX DU JARDIN

2e QUINZAINE

Au potager

- Taillez les framboisiers.
- Fabriquez et posez des gîtes à insectes.

Au verger

- Taillez les fruitiers.
- Apportez du compost au pied des arbres fruitiers, puis griffez légèrement.

Au jardin d'ornement

- Récoltez les brins de saule pour vos futurs plessis.
- Apportez du compost au pied des rosiers et sous les haies.

Du côté des médicinales

- Récoltez les chatons de noisetier avant que le pollen ne se disperse. À utiliser de préférence frais, même s'ils peuvent être séchés, puis réduits en poudre.
- Implantez une variété de choix de noisetier, en isolé ou en haie : 'Merveille de Bollwiller', 'Rouge longue', 'Bergeri', 'Blanche longue', 'Impériale de Trébizonde', 'Fertile de Coutard'.

Janvier Semaine 3

03h53

18h06

14h53

17h52

ND 07h32

lundi **16**

mardi **17**

mercredi **18**

jeudi **19**

vendredi **20**

Périgée 21h57

samedi **21**

dimanche **22**

Janvier

La « vigne du Nord », un sédatif naturel à planter…

C'est le moment de planter un houblon (*Humulus lupulus*) ! De la famille des Cannabacées, cette vivace dioïque est cultivée pour ses cônes employés en brasserie. Liane volubile pouvant atteindre jusqu'à douze mètres de long, le houblon est moins sensible à la nature du sol qu'au climat qu'il aime tempéré, doux et humide. Une exposition ensoleillée à mi-ombragée lui sera propice, le long du mur de la maison, sur une pergola, un treillage en bambou ou des filets de culture. Une infusion de cônes de houblon, sédative et relaxante (4 g pour ½ L d'eau le soir avant de se coucher) est un bon inducteur du sommeil, en cas d'insomnie. Par sa teneur en phytoœstrogènes, le houblon ne convient pas aux personnes souffrant d'un cancer hormono-dépendant ni aux femmes enceintes et allaitantes.

Feuilles, fruits, graines et chatons : l'indispensable noisetier !

Voici venir les chatons du noisetier (*Corylus avellana*), les fleurs mâles de la plante, riches en pollen et source de nourriture inespérée pour les abeilles en plein cœur de l'hiver. Cet arbuste robuste, aussi appelé coudrier, très commun des haies et des sous-bois, est particulièrement indifférent au type de terrain qu'il occupe. Il recherche la lumière et peut être planté en isolé. Ce sont ses feuilles (riches en vitamine C) qui sont reconnues pour leurs propriétés antioxydantes sur la peau et pour leur action sur la circulation sanguine contre les maladies cardio-vasculaires, le diabète et le mauvais cholestérol. Une décoction de chatons est particulièrement recommandée en complément d'un régime amincissant, à base de 30 g par litre d'eau, à boire au cours de la journée.

Janvier

Semaine **4**

12h22

lundi
23

mardi
24

16h15

mercredi
25

jeudi
26

vendredi
27

NA 17h03

samedi
28

dimanche
29

L'INDISPENSABLE DE TOUTES LES PHARMACOPÉES !

Le saule blanc

Arbre de toutes les traditions, le saule est un grand compagnon de l'Homme depuis des temps anciens : l'usage de ses feuilles, de ses chatons ou de son écorce apparaît déjà sur les tablettes d'argile de Mésopotamie. Il a également été administré par tous les praticiens qui ont marqué les grands changements de la médecine.

Arbre emblématique des lieux humides – *salix* signifiant « près de l'eau » –, bien souvent cultivé en osier pour faire des liens ou de la vannerie, le saule a la réputation d'assainir les zones humides tellement il est gourmand en eau. Cela ne l'empêche pas de s'épanouir sur tous types de sols, même en terrain sableux ! Évitons juste de le planter aux abords du potager, il assoifferait tous ses voisins.

Installé en haie brise-vent ou en isolé, de culture facile par bouturage, on en extrait aussi, par simple macération des rameaux dans l'eau, une hormone de bouturage naturelle appelée eau de saule. C'est finalement trogné, mode de culture spécifique qui consiste à le tailler chaque année une fois ses feuilles tombées, que le saule nous offrira ses jolis brins d'osier aux milles usages...

Le saule porte en lui la théorie des signatures[3] : il était employé pour soigner les maladies des « pieds mouillés » type rhume, grippe et refroidissement. Aujourd'hui, l'écorce de ses jeunes rameaux, récoltée sur les branches âgées de moins de trois ans à partir de fin février jusqu'à fin mars, est reconnue pour son action fébrifuge. Elle est également antalgique et anti-inflammatoire contre les douleurs articulaires et rhumatismales – et pour cause, elle produit une substance active, la salicyline, qui a été synthétisée pour devenir la fameuse aspirine ! Pour profiter de ses propriétés, buvez une décoction de 12 g d'écorce infusée pendant 15 minutes dans ½ L d'eau par jour.

BOUTURAGE OU PLANTATION : d'octobre à mars **PARTIES UTILISÉES :** écorce, feuilles **RÉCOLTE :** en mars pour l'écorce, en mai-juin pour les feuilles **CONTRE-INDICATIONS :** à éviter pour les personnes allergiques à l'aspirine, les enfants et les femmes enceintes et allaitantes.

3 Concept appliqué de la Renaissance au siècle des Lumières selon lequel la morphologie et le biotope d'un végétal révèlent sa fonction.

Le saule blanc

SALIX ALBA

Février

TRAVAUX DU JARDIN

1re QUINZAINE

Au potager

- Plantez l'ail.
- Semez sous abri : carottes, choux de printemps et laitues.
- Épandez le compost sous les petits fruits.
- Semez fèves et pois en pleine terre.

Au verger

- Éliminez le gui.
- Terminez de tailler les fruitiers.

Au jardin d'ornement

- Binez les massifs.
- Commencez les apports de compost.
- Plantez arbres et arbustes.

Du côté des médicinales

- Pour ceux qui ne supportent pas le goût fort de l'ail, cultivez les variétés d'ail rose, *Allium roseum*, ou d'ail rocambole, *Allium scorodoprasum*, qui sont plus doux et possèdent les mêmes propriétés.

00h31

22h13

04h29

19h45

lundi
30

mardi
31

mercredi
1er

jeudi
2

vendredi
3

Apogée 09h54

samedi
4

dimanche
5

L'ail (*Allium sativum*), la thériaque des pauvres

C'est le moment de planter les variétés d'ail rose de printemps, d'excellente conservation ! Cultivée depuis plus de 5 000 ans, telle une divinité chez les Égyptiens ou une plante sacrée chez les Romains, cette plante annuelle n'a jamais perdu l'engouement qu'on lui porte. Et pour cause, sa puissance est aujourd'hui démontrée pour ses actions hypotensives, antidiabétiques et antibiotiques. L'ail est le compagnon de santé le plus accessible tant ses vertus et ses emplois sont nombreux. Il soigne toutes les maladies du corps humain ! Ce sont les caïeux récoltés de mai à septembre que l'on utilise frais. Certains de ses composés étant caustiques pour le tube digestif et la peau, en usage interne comme en externe, l'ail peut créer des brûlures.

Le bouleau, un arbre médicinal tout entier !

Espèce de lumière, reconnaissable entre mille autres par son écorce blanche, le bouleau (*Betula alba*) est un arbre pionnier très commun des bois d'Europe du Nord. Planté en isolé, il n'a pas besoin d'un sol riche et s'adapte aux plus pauvres. C'est à la fin de l'hiver qu'on récolte sa sève, fortifiante du système osseux, reminéralisante, revitalisante et détoxifiante. Excellent diurétique, on peut aussi profiter des bienfaits du bouleau le reste de l'année avec d'abord ses bourgeons à cueillir avant le débourrement, puis ses feuilles en infusion ou en jus pour les rhumatismes, l'arthrite, les infections urinaires, les problèmes de surpoids et de cellulite. Pour une cure de sève de bouleau au printemps, prenez 3 cuillères à soupe le matin à jeun pendant 10 jours.

lundi 6

mardi 7

19h20

mercredi 8

jeudi 9

vendredi 10

samedi 11

10h51

ND 08h32

dimanche 12

Février

TRAVAUX DU JARDIN

2e QUINZAINE

Au potager

- Plantez ail, échalotes et oignons.
- Semez en pleine terre : fèves, pois, oignons, épinards.
- Piégez les campagnols.
- Détruisez et enfouissez les engrais verts gelés.

Au verger

- Traitez les pêchers à la bouillie bordelaise (12 g/L). Renouvelez le traitement 15 jours plus tard.
- Supprimez les momies de fruits qui restent sur les rameaux.

Au jardin d'ornement

- Éliminez les parties sèches ou mortes des plantes vivaces.
- Raccourcissez les pousses de l'an passé pour densifier les vivaces.
- Apportez du compost dans les massifs.

Du côté des médicinales

- Pour sécher les petites fleurs (violette, aubépine, etc.), placez-les sur une toile moustiquaire montée sur un cadre de bois ou déposez-les sur une feuille de papier sans encre sur une claie ou une cagette (voir conseils de séchage, p. 11).

Repères phénologiques

Floraison du noisetier, du crocus, du perce-neige et du tussilage.

Février

Semaine **7**

02h10

00h31

04h55

23h46

lundi **13**

mardi **14**

mercredi **15**

jeudi **16**

vendredi **17**

samedi **18**

Périgée 10h05

dimanche **19**

Février

La violette, fleur pectorale et plus encore…

Petite vivace aux abords des bois clairs, des haies, des prés ou des pelouses, habitante des espaces ombragés et des sols riches qu'elle colonise par ses stolons, la *Viola odorata* est une espèce spontanée et non cultivée qui nous annonce le printemps. Bien connue dans le sirop des sept espèces pectorales, elle est bienfaitrice pour la gorge et les affections bronchiques grâce à ses propriétés antitussives et émollientes. Ses fleurs contiennent des mucilages, de la vitamine C et de l'acide salicylique, ce qui fait d'elle un bon anti-inflammatoire et analgésique. Une fois délicatement récoltée puis séchée, la violette se conserve toute l'année pour des infusions ou en sirop pour les enfants (100 g de fleurs avec 500 g de sucre et 300 g d'eau).

Les rhizomes du fragon petit houx pour la circulation sanguine

Le fragon (*Ruscus aculeatus*) constitue l'un de ces paradoxes du règne végétal : malgré son aspect ligneux de sous-arbrisseau, il fait partie des Liliacées aux tissus tendres et mous, comme la tulipe ! Cet arbrisseau vivace toujours vert, que l'on nomme « petit houx » à cause de ses feuilles épineuses et de ses baies rouge écarlate, se plaira à l'ombre du jardin sans entretien particulier. En plus de ses jeunes pousses que l'on peut déguster cuites, on prélèvera avant le printemps des fragments de la souche utiles pour toutes les affections de la circulation veineuse et lymphatique et pour les troubles liés à la microcirculation artérielle. En décoction, faites bouillir 20 à 30 g de rhizomes dans 1 L d'eau pendant 15 minutes, en cas de jambes lourdes par exemple.

Février Semaine **8**

lundi **20**

mardi **21**

02h54

mercredi **22**

jeudi **23**

08h08

NA 19h57

vendredi **24**

samedi **25**

08h04

dimanche **26**

UN ANTALGIQUE NATUREL
NON TOXIQUE

Le cassissier

Ce n'est qu'au XVIIe siècle que le cassis, nommé « poivrier d'Espagne » par Anne de Bretagne ou « arbre aux goutteux » par sainte Hildegarde de Bingen, fut apprécié pour les vertus médicinales de ses feuilles et de ses fruits. Spontané dans les bois humides en Alsace-Lorraine, dans le nord et l'est de l'Europe et jusqu'à la Mandchourie, ce petit arbrisseau touffu, haut de deux mètres maximum, à forte odeur aromatique du fait d'une essence dans ses feuilles, est présent dans presque tous les jardins et cultivé à grande échelle pour la liquoristerie et le fameux kir...

Mars (soit juste avant l'arrivée du printemps) est le bon moment pour tailler ses branches charpentes et celles qui s'entrecroisent. Il sera facile de faire des boutures à partir de ces rameaux pour une plantation à l'automne. Le cassissier vous régalera de ses baies, très appréciées des gourmets (et des oiseaux !). Ses feuilles et ses fruits sont inscrits dans la pharmacopée française – les feuilles pour leurs effets anti-inflammatoires et analgésiques, les baies pour leur teneur en vitamine C, sels minéraux et antioxydants. Le cassis est l'une des rares plantes non toxiques capables de soulager les douleurs, particulièrement articulaires. Également antirhumatismal et diurétique, il est indiqué pour favoriser l'élimination rénale et digestive.

En enveloppement ou en pansement, les feuilles soignent les plaies et les ulcères. Macérées, elles offrent une boisson rafraîchissante pour les travailleurs pendant les chaleurs d'été et, en infusion, elles traitent les douleurs articulaires (12 g pour ½ L d'eau). Les baies séchées se préparent en décoction pour les gargarismes contre les maux buccaux, de la gorge, les inflammations des amygdales, l'enrouement et la toux, et en infusion contre les insuffisances veineuses et les crises hémorroïdaires.

PLANTATION : d'octobre à mars **BOUTURAGE :** en février-mars **PARTIES UTILISÉES :** feuilles, fruits **RÉCOLTE :** en mai-juin pour les feuilles, en juillet pour les fruits **CONTRE-INDICATIONS :** déconseillé chez l'enfant.

Cassissier

RIBES NIGRUM

Groseillier noir

Mars

TRAVAUX DU JARDIN

1re QUINZAINE

Au potager

- Semez sous abri : radis, navets, persil, carottes.
- Semez au chaud : aubergines, poivrons, piments, tomates.
- Semez en pleine terre : laitues, roquette.
- Plantez en pleine terre : choux cabus, laitues, persil, ciboulette.
- Commencez à faire germer les pommes de terre.

Au verger

- Taillez la vigne.
- Traitez pommiers et poiriers avant floraison avec un fongicide à base de cuivre.
- Traitez les arbres attaqués l'an passé par la moniliose avec de la bouillie bordelaise.

Au jardin d'ornement

- Finissez de nettoyer les massifs de vivaces.
- Semez sous abri annuelles et vivaces.
- Taillez les arbustes et les haies à floraison estivale.
- Divisez les vivaces.

Du côté des médicinales

- Plantez cassissiers, framboisiers et fraisiers autour du potager. Récoltez leurs feuilles avant ou après la floraison (avril ou août).
- Récoltez les racines de l'angélique, juste avant la reprise de la végétation.

Repères phénologiques

Floraison du cornouiller mâle, du saule marsault.

lundi 27

mardi 28

04h41

mercredi 1er

jeudi 2

10h53

Apogée 19h00

vendredi 3

samedi 4

02h11

dimanche 5

Mars

Des roses pour un soin du corps et de la peau

Produit phare de l'horticulture avec ses innombrables espèces hybridées, la rose était jusqu'au XVIIIe siècle cultivée et consommée autant comme aliment que médicament. La rose de Provins, *Rosa gallica*, fut la première introduite comme plante médicinale. Les pétales frais ou séchés sont toniques, astringents, revitalisants, régénérants, cicatrisants et antidiarrhéiques. Ils se conservent sous toutes les formes, en sirop, confiture, liqueur, dans du vinaigre ou du miel. Toutes les espèces (*Rosa gallica*, *R. canina*, *R. pendulina*, etc.) sont thérapeutiques et culinaires, à condition de ne pas les traiter. Sans oublier l'églantier, ce rosier spontané des haies ou des massifs, grande source de vitamine C, avec ses fruits, les cynorrhodons.

L'angélique (*Angelica archangelica*), une panacée à inviter au potager !

Si l'arrivée du ginseng en Europe a mis aux oubliettes la culture et les vertus de notre si belle ombellifère, lui laissant pour seule renommée ses tiges confites, vantées des gourmets, l'angélique fut pourtant au Moyen Âge le grand remède contre le « mauvais air » de la peste. En effet, c'est une véritable panacée que contient sa robuste et profonde racine. Grande plante digestive, cholagogue et antispasmodique, elle est aussi tonique, béchique, emménagogue, diurétique, expectorante et anxiolytique. Mars est le bon moment pour la planter. Pluriannuelle, elle disparaîtra après la floraison et, si elle se plaît, ne manquera pas de se ressemer. En raison de substances photosensibilisantes, évitez de vous exposer aux rayons du soleil après l'ingestion d'angélique ou tout usage externe.

01h29

16h30

lundi
6

mardi
7

mercredi
8

jeudi
9

vendredi
10

ND 09h53

samedi
11

dimanche
12

Mars

TRAVAUX DU JARDIN

2e QUINZAINE

Au potager

- Semez des engrais verts sur les emplacements des cultures d'été.
- Semez sous abri : choux de Bruxelles, choux-fleurs, choux de Milan, poireaux d'été.
- Semez en pleine terre : panais, roquette, cerfeuil, carottes.
- Plantez oignons, asperges, échalotes.

Au verger

- Plantez les agrumes, le figuier et l'olivier.
- Greffez en couronne vos fruitiers au moment de la floraison.

Au jardin d'ornement

- Semez sous abri les fleurs estivales : capucines, cosmos, rudbeckias…
- Taillez les rosiers.
- Scarifiez la pelouse pour éliminer les mousses.

Du côté des médicinales

- Accueillez un rang d'ortie près des herbes aromatiques pour augmenter leur concentration en arôme.
- Laissez un coin de jardin « au naturel », avec des espèces sauvages, pour la richesse de la biodiversité et de la matière médicinale !

Repères phénologiques

Floraison de l'abricotier, du pêcher, du groseillier, du forsythia, du cognassier du Japon…

08h06

lundi 13

mardi 14

07h28

mercredi 15

jeudi 16

13h39

vendredi 17

samedi 18

09h51

Périgée 16h12

dimanche 19

Mars

U. urens

U. dioica

Ortie brûlante (*Urtica urens*) et grande ortie (*Urtica dioica*) : toujours sur les pas de l'Homme...

L'une annuelle, l'autre vivace, les habitantes de nos décombres, gourmandes en azote et en matière organique, nettoient, assainissent, dissolvent... Elles sont aujourd'hui devenues des stars à la cuisine et au rayon bien-être. On en trouve même en plants chez certains horticulteurs ! Riche en protéines équilibrées, minéraux, oligo-éléments, silice, fer et vitamines, l'ortie nourrit, reconstitue, reminéralise. Ses feuilles sont dépuratives, hémostatiques, antirhumatismales, antidiarrhéiques, activatrices de la digestion, toniques et antianémiques. Elles nettoient le sang, favorisent les éliminations urinaires et articulaires. À la sortie et à l'entrée de l'hiver, c'est le moment idéal pour une cure d'ortie (par jour : 12 g pour ½ L d'eau en infusion 10 minutes).

Le romarin, un indispensable au carré aromatique

Le romarin (*Rosmarinus officinalis*), arbrisseau spontané des garrigues, est d'une résistance à toute épreuve, vis-à-vis de la sécheresse comme du froid. Robuste, vivace et persistant, c'est la plante de la résilience. À la fois stimulant énergétique, hépatoprotecteur, grand cholagogue et diurétique, le romarin est aussi l'une des meilleures plantes antispasmodiques sur les intestins et l'estomac, en plus de ses vertus relaxantes sur les muscles du système respiratoire. Il calme la toux et contribue au confort de l'asthmatique. Mellifère, à forte exhalaison aromatique par l'essence contenue dans ses feuilles, il se cultive dans un endroit ensoleillé sur un sol bien drainé. C'est le moment de le multiplier facilement par bouturage pour des récoltes de mai à septembre !

lundi 20

Printemps

mardi 21

13h43

mercredi 22

jeudi 23

17h53

NA 03h07

vendredi 24

samedi 25

17h16

dimanche 26

Mars

lundi
27

mardi
28

mercredi
29

jeudi
30

Apogée 13h17

vendredi
31

samedi
1er

dimanche
2

ABSENTE DE LA PHARMACOPÉE,
ET POURTANT !

La carotte

Utilisée depuis des millénaires comme plante médicinale en Chine, la carotte, bisannuelle, est cultivée comme plante alimentaire dans toute l'Europe pour sa racine pivotante devenue orange par hybridation. La domestication de l'espèce spontanée de couleur violette, blanchâtre ou jaune, appelée aussi *Daucus carota*, est récente (XIXe siècle). Elle a eu pour conséquences d'accroître la qualité nutritive tout en abaissant les vertus thérapeutiques...

La racine de la carotte contient une précieuse substance, le bêtacarotène – puissant antioxydant transformé par le foie en vitamine A –, et des vitamines B1, B2, C, D, F, PP. Source de beauté pour la peau, protectrice des agressions aux ultraviolets et aux brûlures, cicatrisante, la carotte consommée régulièrement a aussi pour action de lutter contre la baisse de l'acuité visuelle, d'améliorer la vision nocturne et la sécheresse des yeux. C'était le médicament des yeux chez les Grecs et les Romains. En Chine, elle était employée comme antitussif contre les inflammations chroniques du poumon, tandis qu'elle est reconnue en Europe pour favoriser l'assimilation des protéines, la constitution des tissus et la production des globules rouges (elle est antianémique) en période de croissance. Les semences sont diurétiques, apéritives, emménagogues et stimulantes. Avec du céleri-branche cru, elle devient hypoglycémiante, notamment pour les diabétiques.

On la consomme en jus pris par petites cures de 9 jours à raison de 3-4 verres. On peut aussi faire des décoctions de racines cultivées ou sauvages, des cataplasmes ou des infusions de semences. N'oublions pas que c'est dans la peau – celle-là même qui reçoit toutes les substances en *-cides* de l'agriculture adepte de la chimie de synthèse – que sont stockées les substances minérales et vitaminiques.

Légume de conservation par excellence mais délicat de culture, éclaircissage, sarclage, paillage sont autant de soins que la carotte saura nous rendre et qui fait d'elle un produit de luxe du potager !

SEMIS : de mars à juillet **PARTIE UTILISÉE :** racine **RÉCOLTE :** de juin jusqu'aux gelées
CONTRE-INDICATIONS : aucune

Carotte

DAUCUS CAROTA

Nid d'oiseaux, pastonade

Avril

TRAVAUX DU JARDIN

1RE QUINZAINE

Au potager

- Semez sous abri : concombres, courges, melons, basilic, céleris.
- Semez en pleine terre : carottes, épinards, panais, salsifis, radis, cerfeuil.
- Plantez estragon, pommes de terre précoces, topinambours.
- Terminez de semer les engrais verts.

Au verger

- Divisez les touffes de framboisier.
- Installez les colliers antifourmis.
- Finissez les greffes en fente et en couronne.

Au jardin d'ornement

- Semez sous abri : cosmos, lavatères, lin, œillets, zinnias, coréopsis…
- Nettoyez les mares et bassins.
- Nettoyez le pied des haies.

Du côté des médicinales

- Semez les médicinales annuelles (capucine, coquelicot, bourrache, eschscholtzia…), en jachères fleuries, elles accueilleront aussi les auxiliaires.

Repères phénologiques

Floraison du prunier, du groseillier à fleurs, du prunellier…

Avril Semaine **14**

09h41

lundi **3**

mardi **4**

mercredi **5**

jeudi **6**

ND 15h52

vendredi **7**

23h42

samedi **8**

14h45

dimanche **9**

Pâques

Les fleurs de la pensée sauvage pour une peau douce, très douce...

La pensée ou violette sauvage (*Viola tricolor*) se plaît aux abords des espaces cultivés. Annuelle, bisannuelle ou vivace, c'est son biotope qui va décider de sa variabilité ! On récolte ses parties aériennes d'avril à septembre. Elles contiennent entre autres des mucilages et des vitamines C et E. Depuis le XVIe siècle, tous se sont accordés sur leurs propriétés dermatologiques dans le cas d'affections cutanées comme l'eczéma, l'acné, les croûtes de lait, le psoriasis, la séborrhée. L'« herbe de La Trinité » est aussi dépurative des toxines du foie et des reins, laxative et antioxydante. De croissance rapide, on la plante ou on la sème au printemps ou à l'automne à un emplacement ensoleillé ou mi-ombragé. Très rustique, il est inutile de la protéger l'hiver, elle disparaît, ne laissant que la souche, pour réapparaître l'année suivante.

La bardane, une plante réputée pour les affections cutanées

La bardane (*Arctium lappa*), petite ou grande, est une bisannuelle qui se développe sur les terrains riches en azote, à proximité des habitats humains, des bois clairs, des clairières. Elle forme des capitules, appelés « gratterons », en forme de petits oursins qui s'accrochent partout, permettant ainsi à la plante de disséminer ses semences par les poils des animaux. On la cultive pour la consommation de ses jeunes tiges et de sa racine, profonde jusqu'à 50 cm. Récoltée au printemps de la deuxième année, elle est vulnéraire et résolutive, c'est une grande topique pour toutes les affections dermatologiques, grande dépurative cutanée et intestinale, antibactérienne et antifongique. Elle est notamment précieuse en usage vétérinaire : par exemple, une décoction de racine (50 g pour 1 L d'eau) sera efficace contre la gale des chiens, la chute des poils et les démangeaisons.

lundi
10

Lundi de Pâques

13h54

mardi
11

mercredi
12

20h51

jeudi
13

vendredi
14

18h21

samedi
15

Périgée 04h23

dimanche
16

TRAVAUX DU JARDIN

2E QUINZAINE

Au potager

- Semez à chaud : chicorées frisées, concombres, courges, melons, courgettes.
- Semez en pleine terre : betteraves, carottes, choux cabus et rouges, choux-raves, fenouils, laitues d'été, panais, salsifis.
- Plantez en pleine terre : artichauts, céleris branche, pommes de terre.
- Paillez les fraisiers.

Au verger

- Si besoin, effectuez un traitement préventif contre la tavelure avec du soufre mouillable sur vos pommiers et poiriers après la floraison.

Au jardin d'ornement

- Semez en pleine terre : capucines, cosmos, lavatères, lin, œillets, zinnias, bourrache...
- Apportez du compost sous les rosiers.
- Taillez les buis.
- Plantez glaïeuls et dahlias.

Du côté des médicinales

- Plantez des branches de sureau sur l'itinéraire des taupes ou en bordure du potager pour les éloigner. Cet arbre accueille aussi les larves de coccinelles (prédatrices des pucerons).

Repères phénologiques

Floraison du lilas, du cerisier, du poirier, du pommier, du marronnier...

Avril Semaine **16**

lundi
17

23h46

mardi
18

mercredi
19

04h37

NA 13h30

jeudi
20

vendredi
21

03h52

samedi
22

dimanche
23

Avril

Le coquelicot (*Papaver rhoeas*), l'opium de la pharmacie familiale !

Quoi de plus bucolique qu'un espace dédié à une jachère fleurie dans son jardin sur lequel une multitude d'annuelles colorées se ressèment pour offrir gîte et couvert à nos précieux auxiliaires. Le « gentil » coquelicot, ou pavot des champs, y sera roi ! Les pétales de ses fleurs renferment des alcaloïdes aux effets remarquables sur le sommeil de l'enfant et des personnes âgées. Sédatif contre la nervosité excessive, l'anxiété et l'émotivité, il est sans risque d'accoutumance. Ses fleurs sont antitussives, calmantes et adoucissantes. Même au moment de cueillir les pétales, tout est doux dans le coquelicot ! Pour un sirop calmant et adoucissant pour les enfants, laissez infuser pendant 6 h 100 g de pétales dans 1,5 L d'eau bouillante, et ajoutez 150 g de sucre.

L'artichaut (*Cynara scolymus*), l'une des plus grandes conquêtes de la phytothérapie

L'artichaut est cultivé aujourd'hui dans toute l'Europe pour ses boutons floraux dont on consomme la base charnue. On se trompe d'ailleurs en nommant « feuilles » celles que l'on déguste jusqu'au « cœur » et qui sont en fait les bractées faisant partie de l'inflorescence. Ne confondons donc pas avec les vraies feuilles, celles qui contiennent les principes actifs riches en stérols (lipides qui baissent naturellement le taux de « mauvais » cholestérol), magnésium, potassium et sels minéraux qui font de lui l'une des meilleures plantes cholagogues. On retrouve ces propriétés dans la feuille de son cousin ou ancêtre le cardon… Au jardin, l'artichaut aime le soleil, un sol profond et frais. Avril est le bon moment pour planter cette belle vivace.

Avril Semaine 17

21h58

lundi 24

mardi 25

mercredi 26

03h04

jeudi 27

18h17

Apogée 08h43

vendredi 28

samedi 29

dimanche 30

L'AMIE DU FOIE

La chicorée

La chicorée sauvage ou cultivée était récoltée dès l'Antiquité pour traiter les migraines, les affections du foie et de la vésicule biliaire. La chicorée spontanée vivace de nos campagnes appelée aussi « laideron » illumine pourtant de ses petites fleurs bleues les talus et les prés secs. Elle a été cultivée pour fournir de nombreuses variétés de salades au potager (la rouge de Trévise, les endives, la frisée, la scarole ou le pain de sucre) et un excellent ersatz du café à partir de ses racines torréfiées.

Tout est bon dans la chicorée et les différentes espèces ont les mêmes propriétés, même si elles sont plus faibles pour les cultivées. Une fois le sol bien réchauffé, c'est le moment de la semer (et ce toutes les trois semaines !) afin de récolter ses feuilles fraîches tout au long de l'année. C'est néanmoins la racine, grosse, pivotante et amère, de l'espèce spontanée qui est conseillée aujourd'hui en pharmacie pour ses effets cholérétiques et protecteurs du foie. On la récolte en septembre. Une fois nettoyée, séchée et tronçonnée, elle conservera (pendant un an si elle est stockée à l'abri de la lumière) ses principes actifs, notamment une forte teneur en inuline (50 à 60 %). Elle stimule l'activité de la flore intestinale agissant comme un prébiotique, améliore la biodisponibilité du calcium en prévention de l'ostéoporose liée à la ménopause, diminue les taux de lipides sanguins et l'oxydation du cholestérol, très utile pour les diabétiques, et elle facilite la digestion en cas de ballonnements, d'éructations ou de flatulences. Employée en adjuvant des régimes amaigrissants, elle favorise l'élimination rénale.

Pourquoi s'en priver malgré l'amertume qui l'a fait bouder des potagers ? On peut l'employer fraîche ou sèche, en décoction de racines concassées, à base de 4 g pour ½ L d'eau, à boire à la fin des repas.

SEMIS : d'avril à août **PLANTATION :** de mai à début septembre **PARTIES UTILISÉES :** racine, feuilles **RÉCOLTE :** de juin à novembre pour les feuilles, en septembre pour les racines **CONTRE-INDICATIONS :** déconseillée aux enfants et aux femmes enceintes et allaitantes

Chicorée

CICHORIUM INTYBUS

Chicorée amère

Mai

TRAVAUX DU JARDIN

1re QUINZAINE

Au potager

- Semez en pleine terre : arroches, chicorées, fenouils, haricots, potirons, maïs, persil, poirées, pourpier, carottes, choux de Milan, choux brocolis, panais, navets, concombres, courges.
- Paillez avec les premières tontes de gazon.
- Plantez en pleine terre : chicorées (frisées et scaroles), pommes de terre, choux, laitues.

Au verger

- Installez les pièges à mouches dans les cerisiers.
- Binez et désherbez le pied des arbres.
- Paillez le pied des jeunes plants.

Au jardin d'ornement

- Plantez en pleine terre toutes les annuelles à floraison estivale.
- Taillez les arbustes à floraison printanière après leur floraison.
- Semez en pleine terre les annuelles (capucines, œillets, soucis...) et les vivaces.
- Paillez les massifs de vivaces.

Du côté des médicinales

- Les racines de chicorée laissées dans le sol forment une excellente source de matière organique.

Repères phénologiques

Floraison de la glycine, du cytise, de l'aubépine, du sorbier...

17h55

lundi
1er

Fête du travail

mardi
2

mercredi
3

ND 23h56

jeudi
4

07h33

vendredi
5

21h52

samedi
6

dimanche
7

Mai

L'aubépine, une plante pour notre cœur

Il ne s'agit pas bien sûr de planter l'aubépine blanche (*Crataegus monogyna*) ou l'aubépine de mai (*Crataegus laevigata*) en bordure du potager (la taille serait incessante et nous priverait de ses fleurs). Les épines de cet arbuste sont tellement défensives que sa place est bien dans les haies protectrices. Les sommités fleuries récoltées avant leur épanouissement, puis séchées, sont hypotensives, anti-arythmiques et tonicardiaques. L'aubépine a une action sur les cœurs fatigués ou sains lorsque les médicaments digitaliques ne sont pas nécessaires[5]. Elle est sédative pour le système nerveux central, précieuse en cas de troubles du sommeil avec palpitations cardiaques. Les baies se mangent – et ce depuis la préhistoire –, ainsi que les jeunes feuilles consommées en salade. Fleurs et fruits sont tous deux inscrits à la pharmacopée européenne.

Le basilic, l'une des plantes les plus « chaudes » de notre jardin…

On cultive le basilic (*Ocimum basilicum*) comme condiment aromatique pour l'extraction de son essence et le panel d'arômes enivrants et capiteux que nous offrent ses plus de 400 variétés. Semé sous abri en mars-avril, on le repique au mois de mai en pleine terre ou en pot à une place bien ensoleillée. Stimulant général, c'est la plante aphrodisiaque du potager pour mesdames et messieurs ! S'il est connu pour favoriser la digestion, le basilic a des propriétés multiples. Antispasmodique puissant, stomachique et carminatif, hépatoprotecteur, antalgique, antiviral, anti-infectieux et anti-inflammatoire, il est aussi emménagogue régulateur des cycles menstruels. N'oublions pas la richesse de ses feuilles en vitamine C, à consommer crues sans demi-mesure !

5 Les traitements pour l'insuffisance cardiaque relèvent de la prescription médicale et non de l'automédication.

Mai Semaine 19

20h01

lundi
8

Victoire de 1945

mardi
9

mercredi
10

02h16

Périgée 07h05

jeudi
11

vendredi
12

23h52

samedi
13

dimanche
14

Mai

TRAVAUX DU JARDIN

2ᴱ QUINZAINE

Au potager

- Plantez en pleine terre : aubergines, tomates, courges, courgettes, piments, poivrons, concombres, céleris…

Au verger

- Surveillez les attaques de pucerons.
- Éclaircissez les fruits en surnombre.
- Préparez vos premiers purins à base d'ortie, de consoude ou de prêle.

Au jardin d'ornement

- Plantez en pleine terre géraniums, bégonias…
- Bouturez les vivaces.

Du côté des médicinales

- Cultivez la menthe en pot pour limiter sa propagation dans le reste du jardin, dans un substrat léger, riche, toujours frais et bien drainé pour produire de nombreuses feuilles.

Repères phénologiques

Floraison du sureau, de l'acacia…

Mai Semaine 20

06h28

lundi
15

mardi
16

NA 21h35

12h32

mercredi
17

jeudi
18

Ascension

12h26

vendredi
19

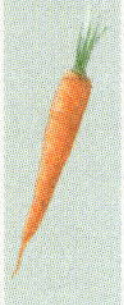

samedi
20

dimanche
21

Les menthes, une liste trop longue de vertus… et de parfums !

Vivace connue de tous avec ses fragrances voyageuses aussi diverses que ses moult variétés, la menthe se déploie dans nos jardins, de préférence à l'ombre et au frais l'été. Menthe poivrée (*Mentha piperita*), menthe pouliot (*Mentha pulegium*) et menthe verte (*Mentha spicata*) sont trois espèces cultivées aux propriétés quasi identiques. Rafraîchissantes, toniques, aphrodisiaques, analgésiques en cas de maux de dents ou de migraines, elles sont avant tout antiseptiques et digestives, mais aussi stimulantes du cœur et du système nerveux. Ce sont les feuilles (contenant du menthol) que l'on ramasse, avant la floraison. Puissant bactéricide, répulsif contre les insectes, la menthe entrait dans la composition du vinaigre des quatre voleurs utilisé contre la peste, toujours en vente en pharmacie !

Reconstituantes et anti-douleur, des fraises, des fraises et encore des fraises !

Petite vivace à souche ramifiée et aux nombreux stolons, le fraisier sauvage (*Fragaria vesca*) est facile à cultiver à condition de lui donner de la lumière et de l'espace. Mai est le moment de récolter toutes les parties de la plante excepté ses fleurs. Racines aux effets antidiarrhéiques, feuilles et fruits source de fer, vitamine C, sels minéraux et acide salicylique font du fraisier un bon anti-inflammatoire et analgésique pour des usages thérapeutiques bien divers. Par exemple : cure de fraises fraîches de 1 à 7 jours à raison de 250 à 500 g par jour en cas de rhumatismes ou de diabète, confitures en application locale pour les problèmes cutanés, ou sirop pour l'hygiène buccale !

Mai Semaine 21

06h27

lundi
22

mardi
23

11h12

mercredi
24

jeudi
25

02h20

Apogée 03h38

vendredi
26

samedi
27

dimanche
28

DES QUEUES DE CERISES POUR MAIGRIR !

Le cerisier griottier

Greffé sur merisier depuis l'Antiquité en Europe, le griottier s'est naturalisé en France. Il affectionne les terrains légers, de préférence calcaires, ni humides ni trop argileux, dans des lieux aux influences humaines (près des chemins de fer, dans les talus, haies, etc.). Pourvu d'une écorce noire et lisse, cet arbre peut atteindre jusqu'à six mètres de haut. Il est identifiable par la gomme qui coule après incision de son écorce, mais est surtout connu pour ses fruits, des drupes de couleur rouge vif et de saveur acidulée, accrochés à un long pédoncule appelé « queue de cerise ».

Traditionnellement, on consommait la cerise avec du vin et de l'eau, afin d'apaiser la toux, d'avoir un bon teint, d'aiguiser la vue et de provoquer l'appétit... Et si récolte de cerises rime avec équeutage, alors gardons et séchons ces fameuses queues de cerises utilisées depuis des siècles pour leurs propriétés diurétiques et dépuratives ! La pharmacologie a démontré que les pédoncules contiennent des flavonoïdes, des sels de potassium, de l'acide salicylique et des anthocyanes agissant comme antioxydants et anti-inflammatoires sur le foie et l'estomac. Quant aux fruits, gorgés d'eau à hauteur de 80 %, ils renferment des vitamines A, B1, C et des sels minéraux. Le cerisier griottier nettoie l'ensemble des toxines accumulées dans le corps, permettant une élimination tant urinaire que digestive. Il aide à la perte de poids, est utile pour les problèmes de rétention d'eau et permet de retrouver des jambes légères !

Une cure de griottes fraîches pendant 2 ou 3 jours (½ kg à chaque repas) sera utile en cas d'obésité et d'arthritisme. L'infusion de queues de cerises (5 g dans ½ L d'eau pendant 15 minutes, à prendre dans la journée) est un puissant diurétique. En emplâtre pour apaiser les peaux fatiguées, sèches ou irritées, on peut appliquer un masque de pâte de cerises (100 g passées au mixeur), pendant 20 minutes environ.

PLANTATION : d'octobre à mars **PARTIES UTILISÉES :** pédoncules séchés, fruits
RÉCOLTE : de mai à juillet **PRÉCAUTIONS D'EMPLOI :** à consommer avec modération pour les estomacs fragiles, nul n'est sans savoir les propriétés très laxatives de ces fruits à forte dose !

Cerisier griottier

PRUNUS CERASUS

Juin

TRAVAUX DU JARDIN

1re QUINZAINE

Au potager

- Semez laitues, frisées, scaroles, choux-fleurs, navets, courgettes, haricots, persil, poireaux, radis.
- Plantez aubergines, frisées, scaroles, choux-fleurs, concombres, courges, courgettes, potirons, poivrons, tomates.
- Binez, sarclez et paillez les planches de culture.
- Buttez les pommes de terre, les haricots et les pois.
- Installez un voile anti-insectes sur la planche de carottes au moment du semis.

Au verger

- Marcottez les petits fruits.
- Éliminez les rejets au pied des arbres greffés.
- Placez des pièges à phéromones contre le carpocapse du pommier.

Au jardin d'ornement

- Terminez de pailler les massifs.
- Ôtez les fleurs fanées au fur et à mesure pour prolonger les floraisons.
- Taillez les arbres à floraison printanière.

Du côté des médicinales

- Récoltez fraises et framboises pendant une promenade et mangez-les avant le repas pour un effet dépuratif.
- Récoltez et faites sécher les feuilles des fraisiers.

Repères phénologiques

Floraison du cornouiller sanguin, du pyracantha...

Juin Semaine **22**

02h31

lundi **29**

Pentecôte

mardi **30**

mercredi **31**

ND 08h22

jeudi **1er**

16h49

vendredi **2**

06h52

samedi **3**

dimanche **4**

Fête des mères

Les sommités fleuries du mélilot pour les abeilles et pour notre circulation sanguine !

Répandu dans toute la France, le mélilot jaune (*Melilotus officinalis*) est une plante bisannuelle utilisée autant en fourrage que comme plante mellifère, en parfumerie ou en cuisine pour aromatiser les desserts. Ses sommités fleuries ont des propriétés anti-œdémateuses pour les problèmes d'insuffisance veino-lymphatique. Elles sont émollientes, résolutives et adoucissantes. Anticoagulant léger et fluidifiant, le mélilot est indiqué dans le traitement préventif des varices et des thrombophlébites, pour les problèmes de mauvaise circulation du sang, jambes lourdes, gonflements, hémorroïdes, etc. Préparez une infusion (3 g pour 1 L d'eau) à boire dans la journée ou à appliquer en compresse pour une application locale.

La mélisse, un anxiolytique « contre les chagrins de la mélancolie »

Cultivée partout en France au Moyen Âge comme plante mellifère et médicinale, la mélisse, signifiant abeille, offre un délicieux nectar – on en frotte même les ruches pour y retenir les essaims. Très souvent naturalisée, plante populaire par excellence, la *Melissa officinalis* se disperse à tout-va une fois bien installée sur tous types de sols. Dans la pharmacopée universelle depuis la Grèce antique pour ses vertus dites « cordiales », elle est reconnue pour ses effets inducteurs du sommeil, analgésiques et antispasmodiques. Les feuilles, récoltées avant la floraison et par temps sec, sont indiquées dans les troubles digestifs, ceux du sommeil et en cas d'anxiété. Deux coupes sont possibles, une au printemps et l'autre à la fin de l'été pour une deuxième récolte.

04h07

lundi
5

mardi
6

08h57

mercredi
7

Périgée 01h06

jeudi
8

05h44

vendredi
9

samedi
10

11h58

dimanche
11

Juin

TRAVAUX DU JARDIN

2e QUINZAINE

Au potager

- Semez carottes, arroches, choux de Chine, haricots, navets, radis.
- Plantez céleris, choux frisés, choux pommés, courgettes et poireaux.
- Traitez préventivement pommes de terre et tomates contre le mildiou.

Au verger

- Traitez la vigne contre l'oïdium et le mildiou.

Au jardin d'ornement

- Semez les fleurs bisannuelles à mi-ombre : pâquerettes, myosotis, pensées.
- Tuteurez les vivaces si besoin : gauras, dahlias...

Du côté des médicinales

- Récoltez les feuilles et les fruits du prunier (*Prunus domestica*) pour leurs effets diurétiques et laxatifs.

Repères phénologiques

Floraison du tilleul, de la ronce, du troène, de l'althéa...

lundi
12

18h27

mardi
13

NA 02h04

mercredi
14

jeudi
15

19h18

vendredi
16

samedi
17

13h57

dimanche
18

Fête des pères

Bonne à tout, la livèche est aussi une plante pour la séduction…

Employée comme condiment, cette grande et robuste ombellifère vivace au parfum de céleri est très rare dans la nature. Du latin *levarer*, signifiant apaiser, la livèche (*Levisticum officinale*) était cultivée et appréciée comme médicinale pour ses nombreux usages, notamment pour aider aux accouchements difficiles. Ses propriétés emménagogues, digestives, diurétiques, dépuratives et aphrodisiaques sont aujourd'hui reconnues. Tiges feuillées, ombelles et parties souterraines, toutes les parties de la plante sont thérapeutiques. On la sème jusqu'au mois de juin sur un sol riche, humifère et bien décompacté. Il lui faudra trois ans pour atteindre sa taille adulte jusqu'à 1,50 m de haut avec une racine imposante.

Le lamier blanc, une plante comestible et thérapeutique à découvrir

Si la ressemblance est grande, le lamier et l'ortie sont deux espèces végétales botaniquement distinctes, appartenant à la même famille. Plante spontanée vivace, le *Lamium album* est non urticant, d'où son surnom d'« ortie morte ». La partie aérienne et les jeunes pousses se consomment. On récolte les sommités fleuries pour leur action anti-inflammatoire et dépurative pour l'élimination rénale de l'acide urique, entre autres. En infusion : 10 à 30 g par litre d'eau, 2 à 3 tasses par jour pour les troubles de la sphère vésico-rénale, les troubles gastro-intestinaux, pulmonaires, gynécologiques, les affections cutanées, bucco-dentaires, l'insomnie et bien d'autres encore…

lundi
19

mardi
20

18h45

mercredi
21

Été

jeudi
22

Apogée 20h30

09h53

vendredi
23

samedi
24

dimanche
25

10h35

Juin

lundi
26

mardi
27

ND 14h23

mercredi
28

02h22

jeudi
29

vendredi
30

16h50

samedi
1er

dimanche
2

14h00

UNE PLANTE DISCRÈTE
AU GRAND PARCOURS THÉRAPEUTIQUE

La fumeterre

Voici une petite plante spontanée annuelle très discrète, que l'on remarque à peine, cosmopolite et adaptée à tous types de sols. C'est pourtant une bonne indicatrice qui mérite toute notre attention ! Présente dans les décombres, aux pieds des vieux murs, sur les talus, aux bords des chemins ou dans les allées de nos potagers, on la rencontre dans les terrains impropres à toute autre culture. Elle est le marqueur d'un sol qui ne respire plus, engorgé, en manque d'oxygène, piétiné. Si frêle soit-elle, sa présence va stimuler les micro-organismes présents et relancer la vie du sol, tout en nous invitant à rééquilibrer le terrain en manque d'air. La fumeterre est considérée comme faisant partie des dix plantes les plus courantes sur le territoire français...

Bien connue des anciens, voire star de la médecine traditionnelle, on en faisait grand usage pour les affections hépatobiliaires. C'était « la » plante du foie, mais aussi des maladies oculaires ou cutanées, agissant comme grande dépurative du sang. Aujourd'hui, ses effets régulateurs du flux biliaire ont été démontrés. Digestive, cholérétique et cholagogue, elle est indiquée pour aider aux fonctions d'élimination rénale, pour les troubles liés à une digestion difficile, la constipation, les spasmes intestinaux.

La récolte des parties aériennes fleuries (on peut y laisser les feuilles) se fait tout l'été à partir de mai jusqu'en octobre. Le séchage est délicat, il doit être rapide dans un endroit bien ventilé (voir conseils de séchage p. 11). Les fleurs contiennent de la protopine, un alcaloïde présent aussi dans la famille des Papavéracées qui agit comme spasmolytique, stimulant cardiaque et respiratoire. La fumeterre assure un effet calmant en cas de nausées chez les femmes enceintes et contre les migraines provenant d'un mauvais fonctionnement hépatique.

À prendre en infusion de fleurs fraîches ou séchées (4 g pour ½ L d'eau infusés pendant 15 minutes, à boire dans la journée avant les repas). Son odeur est âcre, sa saveur amère et salée, ce qui peut la rendre difficilement buvable. Un sirop adoucira son amertume.

SEMIS : d'octobre à mars quand les nuits sont froides, pour une stratification à froid **PARTIES UTILISÉES :** parties aériennes fleuries **RÉCOLTE :** en juillet-août **PRÉCAUTIONS D'EMPLOI :** déconseillé aux enfants ; ne pas dépasser 3 tasses par jour

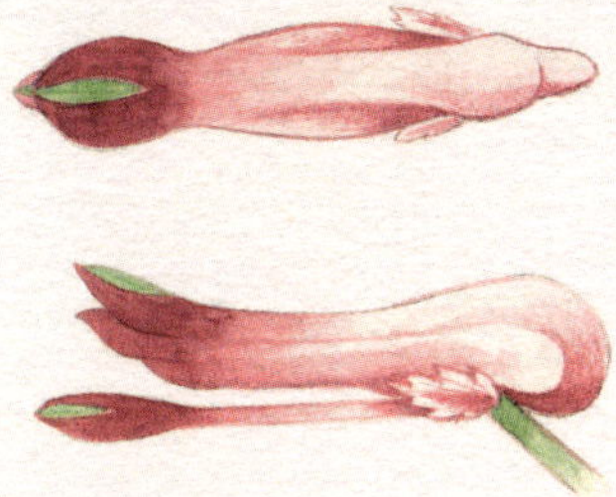

Fumeterre

FUMARIA OFFICINALIS

Fumée de la terre, Fiel de terre,
Fleur de terre

Juillet

TRAVAUX DU JARDIN

1re QUINZAINE

Au potager

- Semez en pleine terre chicorées frisées, carottes, fenouils, laitues d'automne, radis.
- Faites un deuxième semis de courgettes directement en pleine terre.
- Surveillez la présence de piérides et écrasez si besoin les œufs ou les jeunes chenilles.
- Surveillez l'apparition du mildiou sur les tomates et les pommes de terre.

Au verger

- Traitez la vigne contre le mildiou si nécessaire.
- Soutenez les branches trop chargées en fruits.

Au jardin d'ornement

- Taillez les rosiers non remontants.
- Taillez les haies.
- Récoltez les graines des plantes à floraison printanière (lychnis, bleuets, nigelles…).

Du côté des médicinales

- Pour sécher le basilic, détachez les feuilles de la tige afin d'éviter le noircissement des feuilles et de conserver leurs principes actifs.

Juillet Semaine 27

17h51

13h21

18h11

lundi **3**

mardi **4**

Périgée 00h25

mercredi **5**

jeudi **6**

vendredi **7**

samedi **8**

dimanche **9**

Le pavot de Californie, un anxiolytique naturel

Petite plante annuelle florifère et rustique, cette Papavéracée originaire des États-Unis illumine les talus, les jachères fleuries ou les murets, se contentant des positions les plus difficiles du jardin, gravier, caillasse ou talus sec. L'*Eschscholtzia californica* se ressème spontanément et ne craint pas le gel. Elle contient des alcaloïdes, actifs comme sédatifs, anxiolytiques, inducteurs du sommeil et analgésiques. Préparée en infusion (5 g de parties aériennes séchées, infusés pendant 15 minutes dans une tasse d'eau bouillante à boire avant le coucher), elle est indiquée en cas d'anxiété, de nervosité et de problèmes d'endormissement. On peut l'associer avec les fleurs et les fruits de la passiflore, *Passiflora incarnata*, pour en accentuer les effets.

L'olivier : des feuilles pour l'hypertension artérielle, des fruits pour le soin de la peau

Originaire du bassin méditerranéen, l'olivier (*Olea europaea*) est l'arbre nourricier des grandes civilisations antiques, élevé au rang d'arbre sacré. Sensible à l'humidité et au gel, il suscite actuellement un grand engouement, planté en pot ou bien à l'abri, dans les régions où le thermomètre ne descend pas en dessous de -5 °C. L'olivier fournit une huile extraite de ses fruits considérée comme l'une des meilleures sur le plan diététique et gastronomique. Ses feuilles sont reconnues en pharmacologie pour leur action hypotensive, hypoglycémiante et hypocholestérolémiante, conseillées aussi en cas de céphalées, vertiges ou bourdonnements d'oreille. Pour tous ces usages, buvez une décoction (20 feuilles, 300 mL d'eau) 2 fois par jour.

lundi **10**

00h01

mardi **11**

NA 03h22

mercredi **12**

00h58

jeudi **13**

vendredi **14**

Fête nationale

samedi **15**

20h13

dimanche **16**

Juillet

TRAVAUX DU JARDIN

2e QUINZAINE

Au potager

- Semez en pleine terre arroches, chicorées frisées, chicorées sauvages, choux brocolis, haricots, laitues (d'automne), mâche, pois, radis, radis d'hiver, roquette.
- Semez des engrais verts sur les parcelles qui se libèrent.
- Plantez en pleine terre chicorées (frisées et scaroles), chicorées sauvages 'Pain de sucre', choux-fleurs, choux frisés, fraisiers, laitues.
- Luttez contre les altises sur les choux, les radis et les navets.
- Si besoin, effectuez une lutte préventive contre le mildiou de la pomme de terre et de la tomate.

Au verger

- Taillez les gourmands.
- Arrosez les jeunes arbres en cas de sécheresse.

Au jardin d'ornement

- Taillez court les couvre-sols ayant fleuri (nepetas, géraniums...).
- Continuez la chasse aux fleurs fanées.
- Surveillez l'arrosage des nouvelles plantations.

Du côté des médicinales

- Semez le radis noir sur un sol travaillé en profondeur.
- En cas de piqûre d'insecte, frictionnez-vous avec une feuille fraîche de tomate.

lundi
17

01h21

mardi
18

mercredi
19

16h35

jeudi
20

Apogée 08h56

vendredi
21

samedi
22

17h36

dimanche
23

La mauve, ou fausse guimauve, un bouquet de douceur contre les irritations

Plus courante et aussi puissante que la guimauve (*Althaea officinalis*), au port semi-rampant ou ascendant, la grande mauve (*Malva sylvestris*), ou fausse-guimauve – dont la taille varie du simple au double –, s'adapte à son milieu, tantôt bisannuelle, tantôt vivace. Rustique jusqu'à -15 °C, elle est facile à semer et se multiplie aisément à proximité du pied mère. Les fleurs, très appréciées des hyménoptères, sont cueillies en début de journée avant leur complet épanouissement, aussi longtemps que dure la période de floraison (de juin à octobre selon les localités). Antitussives et laxatives, elles renferment une forte concentration en mucilages aux effets adoucissants, calmants, émollients et anti-inflammatoires pour tous types d'irritations (cutanées, digestives ou respiratoires).

Le radis noir, détoxifiant hépatique par excellence

Cultivé depuis l'Égypte des pharaons 2 800 ans avant J.-C., le radis noir (*Raphanus sativus*) a depuis bien longtemps démontré les effets bénéfiques de sa racine pour la santé – en particulier ses propriétés digestives. On préconisait même le suc des feuilles en usage local contre les contusions. Antiscorbutiques, les graines sont employées comme fortifiant. Sa racine est riche en vitamines et sels minéraux. Également cholérétique et cholagogue, elle favorise le drainage du foie et de la vésicule biliaire. Le jus (ou suc) de racine fraîche sera encore efficace pour des affections bronchiques aiguës bénignes. On peut l'associer avec de l'artichaut, de la fumeterre et du chardon-Marie en cas de crise de foie ou d'hépatite.

10h55

02h20

00h20

lundi 24

mardi 25

ND 17h05

mercredi 26

jeudi 27

vendredi 28

samedi 29

dimanche 30

LES INFLORESCENCES FEMELLES DU MAÏS COMME PUISSANT DIURÉTIQUE

Le maïs

Le maïs est né 7 000 ans avant J.-C. et aurait pour ancêtre une espèce fourragère et alimentaire poussant spontanément en Amérique centrale, la téosinte. Plante sacrée des civilisations précolombiennes mayas, base de leur nourriture, le maïs était associé aux rituels mythologiques des cycles agricoles, de la préparation du sol et des semences à la récolte des épis. Cultivé pour ses nombreux usages, alimentaires pour les Hommes et fourragers pour les animaux, c'est au retour de Christophe Colomb qu'il fut introduit en Europe, pour devenir ce qu'il est aujourd'hui par la première hybridation F1. Au moment de la floraison (juillet-août), cette graminée annuelle porte au sommet de sa tige des inflorescences mâles et, à l'aisselle des feuilles, des inflorescences femelles dites « styles » au bout desquelles se déploient les stigmates, des « cheveux » ou « barbe », qui donneront naissance à des graines de couleurs variées.

Ce sont donc ces parties des organes femelles que nous récoltons, avant que l'épi ne soit mûr, pour ses grandes propriétés diurétiques non irritantes et anti-inflammatoires. Les styles contiennent de l'acide salicylique, de la silice, du calcium, du magnésium, du phosphore et particulièrement du potassium, et sont sources de vitamines B, C et K. Les mucilages leur confèrent une action sédative sur les voies urinaires. Les styles favorisent les fonctions d'élimination urinaire, digestive et rénale de l'organisme. Ils sont un très bon adjuvant des cures d'amaigrissement et utiles en cas de cystites chroniques, de rhumatismes ou de goutte. Sans effet secondaire pour l'organisme, au long cours et tous les jours, les infusions de styles de maïs (10 g pour 1 L d'eau, à boire dans la journée) aident à venir à bout des rétentions d'urine et des calculs de la vessie.

Au potager, cette plante sera un excellent tuteur pour les haricots qui fournissent au sol de l'azote dont le maïs est très friand, voire trop, impactant ainsi les ressources de la flore et de la faune des biotopes voisins. Les Amérindiens plantaient également les courges au pied des maïs pour qu'elles gardent fraîcheur et humidité...

SEMIS : en mai-juin **PARTIES UTILISÉES :** les styles **RÉCOLTE :** en juillet-août
CONTRE-INDICATIONS : aucune

Maïs

ZEA MAYS

Blé de Turquie, blé d'Espagne

Août

TRAVAUX DU JARDIN

1re QUINZAINE

Au potager

- Semez cerfeuil, choux de Chine, épinards, fenouils, mâche, navets, radis, radis d'hiver, roquette.
- Semez des engrais verts sur les parcelles qui se libèrent.
- Plantez chicorées (frisées et scaroles), chicorées sauvages, choux brocolis, choux-fleurs, choux pommés, choux-raves.
- Couvrez semis et jeunes plants à l'aide de cagettes renversées pour faciliter enracinement et croissance à l'abri du soleil.

Au verger

- Supprimez les pousses de framboisiers qui s'écartent de l'alignement.
- Traitez au soufre contre l'oïdium si besoin.

Au jardin d'ornement

- Continuez à tuteurer les plantes hautes.
- Bouturez les vivaces après floraison.

Du côté des médicinales

- Arrachez la barbe de maïs quand elle est encore fraîche, avant que l'épi ne soit mûr, et faites-la sécher au soleil.
- Récoltez les graines de la carotte et faites-les sécher pour des tisanes diurétiques.

04h20

23h09

01h48

lundi
31

mardi
1er

Périgée 07h52

mercredi
2

jeudi
3

vendredi
4

samedi
5

dimanche
6

Le pourpier (*Portulaca oleracea*), grand protecteur cardio-vasculaire

Qu'il soit sauvage, rampant au sol dans les interstices des murs, dans les vignes, les décombres et les chemins, ou cultivé au potager (la variété à feuilles dorées), le pourpier s'étale. C'est l'une des rares plantes grasses de nos climats résistante à la sécheresse. *Portulaca oleracea* était déjà présent dans la pharmacopée gréco-romaine, considéré comme « condiment béni » par la médecine arabe, en Inde, en Grèce et ailleurs, pour sa grande richesse en oméga-3 et 6 (c'est la plante qui en contient le plus autour de nous), en antioxydants, en vitamines C, B, E, en bêtacarotène et pour sa forte teneur en protéines et minéraux (potassium, magnésium, calcium, fer). À consommer en salade, en infusion ou en suc frais.

L'armoise (*Artemisia vulgaris*) est une plante pour la femme, mais pas que !

Dans les cousines artémises, il y a cette « sauvageonne », plante vivace commune au bord des chemins ou dans les champs, grande, d'un vert foncé qui la différencie des autres. Si vous laissez des espaces naturels libres comme réserve de biodiversité aux abords des espaces cultivés, l'armoise s'y invitera, gourmande des décombres humains et particulièrement des nitrates (présents dans les épandages des fosses septiques !). Essentiellement recommandée dans les troubles gynécologiques – ce qui lui conféra le statut de plante des femmes depuis des siècles –, emménagogue et antispasmodique, elle agit sur la régulation du cycle féminin et les douleurs abdominales. Elle est également digestive, tonique, stomachique et vermifuge. Les feuilles récoltées avant la floraison en juillet-août seront préparées en décoction, puis utilisées en bain de siège ou en cataplasme sur le bas-ventre.

Août   Semaine **32**

06h44

NA 04h45

lundi
7

mardi
8

06h49

mercredi
9

jeudi
10

vendredi
11

01h53

samedi
12

dimanche
13

Août

TRAVAUX DU JARDIN

2E QUINZAINE

Au potager

- Semez chicorées sauvages, choux pommés de printemps, épinards, fenouils, laitues, mâche, navets, oignons blancs, radis, roquette.
- Semez des engrais verts sur les parcelles qui se libèrent.
- Plantez chicorées (frisées et scaroles), choux-fleurs, fraisiers.

Au verger

- Bouturez le figuier.
- Éliminez les fruits malades.
- Traitez la vigne contre le mildiou.

Au jardin d'ornement

- Divisez les iris.
- Taillez la lavande et la santoline après floraison.
- Bouturez les rosiers.

Du côté des médicinales

- Rabattez régulièrement les Labiées telles que la menthe, la mélisse ou les orties pour des récoltes toute l'année.
- Coupez les roses avant leur épanouissement total, puis effeuillez-les pour les faire sécher.

Août Semaine 33

07h15

lundi
14

mardi
15

22h38

Assomption

mercredi
16

Apogée 13h54

jeudi
17

vendredi
18

23h43

samedi
19

dimanche
20

Précurseur du médicament le plus répandu dans le monde : la spirée, oups, l'aspirine !

Vivace altière et raffinée des prairies marécageuses, des cours d'eau et des fossés, la reine-des-prés (*Filipendula ulmaria, Spiraea ulmaria*) annonce la fin de l'été avec sa floraison duveteuse à l'odeur douce et pénétrante qui se conserve même au séchage. Qu'elle est bonne dans les pâtisseries ou macérée dans le vin ! Ses fleurs contiennent des dérivés salicylés aux propriétés anti-inflammatoire et antidouleur pour les fièvres, les courbatures, les maux dentaires, de tête ou les douleurs articulaires. Elle se naturalise spontanément, mais on peut la multiplier dans son jardin en divisant ses racines au printemps et à l'automne. Ce n'est pas une plante menacée, mais la présence de la spirée a fortement régressé en raison du recul des zones humides...

Le trèfle des prés, pour un couvre-sol thérapeutique au jardin !

Bien connu comme engrais vert et plante fourragère, ce petit « miel des prés », rustique et vivace, source de nourriture pour les auxiliaires des cultures, est depuis longtemps apprécié pour ses vertus diurétiques, sédatives et antitussives. Il est consommé cuit ou séché et saupoudré (les fleurs contiennent de la coumarine au goût de vanille). Reconnues aujourd'hui pour leurs grandes propriétés hormonales dues à une forte teneur en phytoœstrogènes, les sommités fleuries du trèfle (*Trifolium pratense*) sont indiquées pour les symptômes de la ménopause et en prévention de l'ostéoporose. Le trèfle est aussi antioxydant, hypocholestérolémiant et cardio-protecteur. Attention, il est contre-indiqué aux femmes enceintes, allaitantes ou ayant des antécédents de cancer hormono-dépendant. C'est le moment de le semer jusqu'au mois d'octobre, après un bon décompactage du sol.

Août Semaine 34

17h48

10h09

09h32

ND 18h22

lundi **21**

mardi **22**

mercredi **23**

jeudi **24**

vendredi **25**

samedi **26**

dimanche **27**

Août

14h50

lundi **28**

mardi **29**

10h01

Périgée 17h54

mercredi **30**

jeudi **31**

11h36

vendredi **1er**

samedi **2**

NA 9h43

15h31

dimanche **3**

VIVACE À L'ÉTAT SAUVAGE ET BISANNUEL AU POTAGER, LE FENOUIL « CHASSE LES VENTS » !

Le fenouil doux et le fenouil amer

Plante endémique du bassin méditerranéen, le fenouil s'est naturalisé en Europe, en Asie et en Amérique. Vivace ou bisannuelle, cette grande ombellifère peut atteindre jusqu'à un à deux mètres de haut. Fortement aromatique, à la saveur et à l'odeur anisées provenant de certains composés contenus dans ses fruits et ses racines, le fenouil est souvent confondu avec l'aneth. Ses usages culinaires et thérapeutiques, déjà mentionnés sur les papyrus de l'Égypte ancienne, sont bien connus jusqu'en Chine et en Inde. Fenouils doux et amer ont les mêmes propriétés. Le premier est bisannuel et se distingue par son bulbe plus renflé (devenu courant sur les étals des marchés), le second est vivace, s'essaime à tout-va, s'installant de préférence sur des sols calcaires et au soleil. Les deux ont une jolie place au jardin avec leurs ombelles d'accueil pour les pollinisateurs.

Parmi les multiples vertus attribuées à ses graines et à ses racines figure traditionnellement le titre du « dieu des digestions sonores ». Aujourd'hui reconnues et inscrites à la pharmacopée européenne, les graines sont carminatives, digestives, stomachiques, apéritives, doucement laxatives. Le fenouil est la plante du confort digestif pour soulager l'aérophagie, les ballonnements ou les nausées. Pour un effet digestif, faites infuser une cuillère à café de semences pour une tasse d'eau bouillante à prendre à la fin des repas. On peut en faire des cataplasmes pour les spasmes et les douleurs abdominales type colite et gastrite. Les graines se récoltent sèches sur pied en septembre ou avant leur maturité pour les sécher et les vanner.

La racine est fortement diurétique et, comme toute la plante fraîche, elle est très utile contre les rétentions d'urine (20 à 30 g de racine macérée pendant 24 h pour 1 L de vin blanc ; boire ½ verre à midi). C'est aussi une plante (bulbe, feuilles et graines) qui accompagne les femmes au cours des cycles menstruels, pour les régulariser. Galactogène, le fenouil stimule aussi la production de lait pendant l'allaitement, et s'utilise en cataplasme pour désengorger les seins enflammés.

SEMIS : d'avril à juin **PLANTATION :** en octobre-novembre ou mars-avril **PARTIES UTILISÉES :** racine, bulbe, feuilles, graines **RÉCOLTE :** septembre **CONTRE-INDICATIONS :** aucune

Fenouil doux

FŒNICULUM VULGARE VAR. DULCE

Fenouil amer

FŒNICULUM VULGARE VAR. VULGARE

Septembre

TRAVAUX DU JARDIN

1re QUINZAINE

Au potager

- Semez en pleine terre choux pommés de printemps, épinards, laitues d'hiver, oignons blancs ou rouges, radis.
- Semez les engrais verts sur les parcelles qui se libèrent.
- Plantez les fraisiers en pleine terre.
- Luttez contre l'oïdium des courges et des courgettes.

Au verger

- Effeuillez (modérément) les vignes pour mieux exposer les grappes au soleil.

Au jardin d'ornement

- Plantez les iris.
- Préparez le sol pour vos futures plantations de vivaces.
- Bouturez saules et rosiers.

Du côté des médicinales

- Le raisin est bien mûr et gorgé de soleil : faites une cure uvale pour un foie tout neuf et des reins tout propres avant l'arrivée de l'hiver.

Septembre Semaine **36**

14h09

00h56

13h12

lundi
4

mardi
5

mercredi
6

jeudi
7

vendredi
8

samedi
9

dimanche
10

Septembre

Les cosses du haricot contre le diabète !

Légumineuse favorite de nos jardins aux innombrables variétés, le haricot (*Phaseolus vulgaris*) se cultive pour son fruit (la gousse) quand on le mange tout entier, et pour ses graines, grande source de protéines. Son fruit a une enveloppe appelée « cosse » riche en fibres cellulosiques, pectines, tanins et flavonoïdes qui, une fois dans l'intestin, ralentit l'absorption des sucres et évite à l'organisme de stocker les éléments nutritifs sous forme de réserve adipeuse. Il est donc très utile dans les régimes amincissants et en cas de diabète léger. Pour une décoction diurétique, faites tremper pendant une nuit dans 3 à 4 L d'eau froide 200 à 250 g de cosses séchées, faites-les cuire 2 à 3 h pour obtenir ¾ de litre, puis buvez quelques tasses entre les repas 4 jours de suite, arrêtez 3 jours et reprendre.

Ornemental, condimentaire et thérapeutique, un poivre à la maison !

Arbuste aromatique qui n'existe que cultivé, répandu dans les régions méditerranéennes, rustique jusqu'à -15 °C, le gattilier (*Vitex agnus-castus*) résiste à la sécheresse et aux vents, aux insectes et aux maladies. Porteur de hampes florales mauves, il donne des fruits à l'allure de grains de poivre à forte odeur aromatique. De toutes les espèces de *Vitex*, il est le seul à habiter la France ! Ses sommités fleuries, récoltées en septembre, sont sédatives et soporifiques, utiles contre la nervosité et pour les troubles mineurs du sommeil, tandis que les baies sont stimulantes, apéritives, diurétiques et carminatives. Galactogène, le gattilier est une plante compagne des femmes, bénéfique pour les désagréments des troubles prémenstruels.

lundi **11**

04h39

Apogée 17h42

mardi **12**

mercredi **13**

jeudi **14**

05h41

vendredi **15**

samedi **16**

ND 21h17

dimanche **17**

Septembre

TRAVAUX DU JARDIN

2e QUINZAINE

Au potager

- Semez en pleine terre : angéliques, mâche, radis.
- Semez des engrais verts sur les parcelles qui se libèrent.
- Semez les choux-fleurs sous abri.
- Effeuillez la base des pieds de tomates.

Au verger

- Éliminez les tiges malades des framboisiers.
- Desserrez les liens des greffes en écusson.

Du côté des médicinales

- Laissez monter les laitues à graines pour faire des semences, mais aussi car c'est à ce stade qu'elles contiennent le plus de vertus. Leur suc blanchâtre est très riche en lactucarium à partir duquel on élabore des pilules et sirops sédatifs, hypnotiques et même anesthésiques !

23h31

lundi
18

mardi
19

mercredi
20

16h12

jeudi
21

vendredi
22

16h37

samedi
23

Automne

dimanche
24

23h42

Septembre

Le sureau : des baies en fin d'été pour se préparer aux attaques hivernales !

Traditionnellement considéré comme le grand remède des refroidissements pour calmer la toux et détoxifier l'organisme, le sureau noir (*Sambucus nigra*), arbrisseau de trois à cinq mètres de haut, avec ses baies composées d'anthocyanes, de vitamines A, B et C, d'acides aminés et de fer, est aujourd'hui reconnu pour son action sur tout le métabolisme pour se défendre des virus les plus communs en hiver comme la grippe. Les fleurs, elles, sont riches en antioxydants. Dépuratif, antiviral, sudorifique et diurétique, le sureau est une plante immunostimulante de choix. Il est facile à cultiver : une simple branche coupée et mise en terre (de préférence dans un sol frais et humide) s'enracine très vite. Attention, les feuilles et la seconde écorce sont toxiques à l'état frais et à haute dose.

Le persil, un bouquet de santé !

Avant de devenir un condiment alimentaire, le persil (*Petroselinum crispum*) était considéré comme un médicament. Aujourd'hui, ses fruits et ses racines sont inscrits à la pharmacopée française pour leurs vertus thérapeutiques curatives et dépuratives diverses. Riche en vitamines A, B, C, E, K, en sels minéraux, caroténoïdes, fer et apigénine, le persil est antioxydant, antimutagène, bénéfique sur le foie, la rate, les intestins et le système digestif. Il agit aussi sur les sphères cardiaque et respiratoire, et sur le cycle menstruel de la femme. En usage externe, il est indiqué pour les affections dermatologiques. Infusé avec du romarin et appliqué deux fois par jour sur le visage, il favorise l'éclaircissement et la purification du teint.

20h13

22h26

01h55

lundi 25

mardi 26

mercredi 27

Périgée 02h58

jeudi 28

vendredi 29

NA 18h48

samedi 30

dimanche 1er

UNE PLANTE AUX MILLE USAGES
DEPUIS DES TEMPS IMMÉMORIAUX !

La vigne rouge

C'est en automne que l'on récolte les feuilles rouges de la vigne, en choisissant des cépages rouges dits « teinturiers » issus de cultivars à raisins noirs. Elles sont reconnues aujourd'hui par l'ANSM (Agence nationale de sécurité du médicament et des produits de santé) pour leurs effets antioxydants et vasoconstricteurs.

Toutes les parties de la plante contiennent des actifs végétaux pour des soins divers. Traditionnellement, on prélevait la sève dite « pleurs de la vigne » au printemps pour soulager les troubles ophtalmologiques et accélérer la cicatrisation. On utilisait aussi la cendre des sarments pour calmer les douleurs articulaires et pour leurs propriétés diurétiques. Les vrilles de cet arbuste grimpant sont quant à elles toniques et veinotoniques ! Dioscoride, médecin grec du Ier siècle après J.-C., fut le premier à distinguer les usages de la chair du grain de raisin, de ceux des pépins (gorgés de sels minéraux, de vitamines et d'oligo-éléments).

Aujourd'hui, on extrait une huile végétale du pépin et un phytonutriment de la peau du raisin, le resvératrol, puissant antioxydant et cardio-protecteur. Quant aux bienfaits des cures de raisin et du jus de raisin, ils ne sont plus à démontrer... Le raisin cru est l'aliment le plus complet du monde végétal. Le marc de raisin obtenu par pressage des grappes de vignes rouges pour en extraire le jus est reconnu pour son action contre le surpoids et la cellulite. La vigne s'est ainsi invitée dans les centres de thalasso pour une vinothérapie où le raisin sous toutes ses formes est en vedette, du bain au marc de raisin pour la circulation sanguine aux enveloppements à base de vin de Gironde...

À prendre en infusion (20 g de feuilles séchées dans ½ L d'eau pendant 15 minutes) à boire dans la journée. Une association avec le fragon petit-houx, le cyprès, le marronnier, le ginkgo ou encore le cassis permet d'augmenter l'effet protecteur vasculaire et veinotonique.

PLANTATION : de novembre à mars **PARTIES UTILISÉES :** feuilles, fruits **RÉCOLTE :** de septembre à octobre **CONTRE-INDICATIONS :** déconseillé aux enfants

Vigne rouge

VITIS VINIFERA VAR. TINCTORIA

Octobre

TRAVAUX DU JARDIN

1re QUINZAINE

Au potager

- Semez les fèves en pleine terre (climat doux).
- Plantez en pleine terre ou sous abri : choux-fleurs, choux pommés de printemps, laitues.
- Faites blanchir les cardons.
- Récoltez les haricots secs lorsque les feuilles sont presque toutes tombées.
- Rentrez les potirons et les courgettes.
- Blanchissez les chicorées (frisées et scaroles).
- Démarrez un compost avec les déchets du potager.

Au verger

- Traitez les arbres attaqués par la moniliose dès la chute des feuilles avec de la bouillie bordelaise.
- Commencez les cueillettes.

Au jardin d'ornement

- Plantez les bulbes de printemps (narcisses, tulipes, jonquilles...).
- Plantez les vivaces.
- Nettoyez les bassins et curez les mares.

Du côté des médicinales

- Récoltez les racines de valériane, angélique, fenouil, chicorée, carotte, ortie, radis noir, échinacée, rhubarbe, etc. Puis coupez-les en rondelles pour les sécher et les conserver.

Octobre Semaine 40

lundi
2

23h23

mardi
3

mercredi
4

jeudi
5

08h09

vendredi
6

samedi
7

20h00

dimanche
8

Octobre

Avec la capucine, des fleurs en automne pour la cosmétologie

En bordure ou en massif, rampante ou grimpante pour des couleurs de feu et d'aurore, la capucine (*Tropaeolum majus*) nous régale en salade avec ses feuilles, en épice avec ses fruits – pour ceux qui aiment les saveurs piquantes proches du cresson ou du raifort. Ses fleurs sont les alliées des affections dermatologiques pour les brûlures, érythèmes fessiers ou solaires, et des troubles capillaires comme les desquamations du cuir chevelu ou les pellicules. La capucine est aussi tonique, stimulante et excitante, antiscorbutique, laxative, antifongique et antibactérienne ! Vivace en Amérique centrale, la capucine est une annuelle sous nos latitudes, même si elle se ressème pour une permanence au jardin. Dégustons ses feuilles, séchons ses fleurs et récoltons ses graines sèches sur pied...

Des baies de genévrier pour nous protéger

De la même famille que le cyprès, le genévrier (*Juniperus communis*), toujours vert et aux feuilles piquantes, nous offre ses cônes fructifères appelés « baies de genièvre » qui, outre leur usage condimentaire, sont depuis des temps anciens considérées comme une grande panacée. Antiseptiques, les baies étaient utilisées en prévention lors de grandes pandémies et sont aujourd'hui indiquées pour prévenir les maladies infectieuses. Récoltées à maturité, en automne, quand elles deviennent noires, puis séchées, elles sont digestives, dépuratives, antidiabétiques et anti-inflammatoires pour les troubles urinaires. Pour un effet diurétique, mâchez chaque jour 5 baies, puis 6, puis 7, jusqu'à 15 baies par jour, avant de diminuer les doses jusqu'à une baie par jour. La consommation des baies doit être accompagnée d'au moins 1 L d'eau par jour.

11h19

lundi
9

Apogée 05h41

mardi
10

mercredi
11

12h20

jeudi
12

vendredi
13

samedi
14

ND 03h11

dimanche
15

Octobre

TRAVAUX DU JARDIN

2E QUINZAINE

Au potager

- Semez en pleine terre : fèves et pois.
- Plantez en pleine terre ou sous abri : ail, choux pommés, échalotes, laitues, oignons blancs.
- Faites blanchir les chicorées (frisées et scaroles).
- Terminez de rentrer les potirons et les courgettes.

Au verger

- Traitez les groseilliers, cassis, framboisiers… avec un produit à base de cuivre ou de la décoction de prêle.
- Ramassez et éliminez les feuilles dès leur chute, surtout en cas de maladie.

Au jardin d'ornement

- Repiquez les bisannuelles.
- Mettez en place des abris pour les insectes auxiliaires.

Du côté des médicinales

- Pour vos plantations de vivaces, pensez aux bons fournisseurs et à sélectionner des espèces indigènes mieux adaptées aux conditions du milieu et qui demanderont moins de soins.

Octobre Semaine 42

05h27

21h43

22h09

06h14

lundi
16

mardi
17

mercredi
18

jeudi
19

vendredi
20

samedi
21

dimanche
22

Octobre

Les racines du chiendent : des vertus aussi puissantes que leur enracinement

Voilà une graminée bien présente mais pas si facile à reconnaître. Le chiendent (*Cynodon dactylon*), appelé aussi « plante aux deux bouts » ou « pied-de-poule », s'accroche à la terre avec ses stolons et ses souches traçantes, indiquant les espaces tassés de nos potagers. C'est la plante la plus répandue dans le monde ! Vivace et tenace, résistant aux herbicides, le chiendent est maudit par les cultivateurs. Qu'ils se consolent, ces immenses rhizomes récoltés au printemps et à l'automne, lavés, séchés à l'abri de la lumière, bouillis ou consommés frais sont dépuratifs, diurétiques et anti-inflammatoires pour les intestins et les reins. Le chiendent dissout les calculs urinaires, agit contre les coliques néphrétiques et améliore l'élimination rénale en cas de rétention d'eau, d'œdème ou de cellulite.

Le soja, l'un des meilleurs compléments alimentaires qui soient !

Le soja (*Glycine max*) compte parmi les plantes les plus consommées au monde. Il n'existe que cultivé – sur tous types de sols et sous des climats à étés chauds, sans excès d'humidité, avec des températures moyennes de 20 à 30 °C. La graine contient des lipides, protides et de la lécithine, elle est riche en oméga-3 et 6, hypocholestérolémiante et hypolipidémiante, très utile en prévention de l'artériosclérose, bénéfique aussi pour les calculs biliaires. Le soja a une activité œstrogénique indiquée pour les troubles prémenstruels, de la pré-ménopause et de la ménopause. Octobre est le moment de récolter ses graines pour les consommer fraîches ou sous différentes formes (huile, tofu, lait, etc.). Le soja est contre-indiqué en cas d'antécédent de cancer hormono-dépendant.

Octobre Semaine 43

lundi
23

04h13

mardi
24

mercredi
25

08h07

Périgée 05h01

jeudi
26

vendredi
27

12h21

NA 05h13

samedi
28

dimanche
29

BEAUTÉS DES MASSIFS ET STARS DES COMPTOIRS D'HERBORISTES

Les échinacées

Plantes spontanées tout droit venues d'Amérique du Nord et appartenant à la pharmacopée amérindienne, traditionnellement utilisées pour traiter les morsures de serpents et les plaies, les échinacées sont aujourd'hui cultivées en grand nombre en Europe pour orner les parterres des villes. L'échinacée est également l'un des plus grands remèdes traditionnels employés aux États-Unis jusqu'au XIXe siècle.

La *purpurea* est la plus grande, mesurant jusqu'à 1,50 m, aux pétales très courts et tombants, l'*angustifolia* ne dépasse pas les 30 cm, et la *pallida*, assez haute également, se distingue par ses longs pétales de couleur blanche à violette. Elle est la seule espèce à posséder du pollen blanc. Toutes trois font partie des favorites des papillons et autres pollinisateurs, avec leurs capitules à l'aspect épineux en forme d'oursin. Elles sont extrêmement résistantes à la sécheresse. Toutes sont entrées dans la pharmacopée européenne pour leurs propriétés, qui sont identiques. C'est dans le système racinaire très développé de l'échinacée que sont concentrés ses puissants principes actifs immunostimulants. Ainsi, on récolte la racine à l'automne de la troisième ou quatrième année en prenant soin de ne pas arracher la souche. Elle doit ensuite être séchée et ne pas être consommée fraîche.

Alkylamides, composés phénoliques, polysaccharides complexes, alcaloïdes et acides gras lui confèrent une force de frappe incontournable ! Ils augmentent le taux de globules blancs, en favorisant la synthèse d'une molécule essentielle à l'immunité : l'interféron. Antivirale, antibactérienne, antifongique, antiallergique, anti-infectieuse, anti-inflammatoire et aussi antibiotique naturel, l'échinacée est hautement recommandée pour les organismes soumis à des stress et à des conditions d'affaiblissement physique ou moral qui dépriment le système immunitaire. Conseillée pour les maladies auto-immunes au long cours, elle est aussi un préventif et un curatif pour les rhumes, les grippes ou toute attaque virale et bactérienne. En décoction, teinture, jus ou extrait fluide, consommez-la sous toutes ses formes, elle n'a ni effets secondaires ni toxicité.

SEMIS : en avril **PLANTATION :** en mars-avril ou octobre-novembre **PARTIE UTILISÉE :** racine **RÉCOLTE :** en novembre-décembre **CONTRE-INDICATIONS :** ne pas utiliser chez l'enfant ; ne pas dépasser 8 semaines de traitement

Échinacées

ECHINACEA PURPUREA
ECHINACEA ANGUSTIFOLIA
ECHINACEA PALLIDA

Novembre

TRAVAUX DU JARDIN

1re QUINZAINE

Au potager

- Semez fèves et pois en pleine terre (climat doux).
- Plantez laitues et choux pommés.
- Bêchez les sols argileux.
- Brassez le compost pour l'aérer avant l'hiver.

Au verger

- Commencez à nettoyer et à installer les nichoirs.
- Préparez les trous de plantation.
- Finissez de ramasser les feuilles mortes.

Au jardin d'ornement

- Rentrez les bulbes et les tubercules sensibles au froid (dahlias...).
- Hivernez les plantes gélives.
- Faites une dernière tonte de gazon, lame en position haute.

Du côté des médicinales

- Une fois la courge récoltée, retirez et séchez les graines (jusqu'à 180 graines dans un potimarron !), pour les consommer telles quelles ou en décoction.

Repères phénologiques

Chute des feuilles mortes : repos végétatif.

Novembre Semaine **44**

08h34

15h47

03h02

18h01

lundi
30

mardi
31

mercredi
1er

Toussaint

jeudi
2

vendredi
3

samedi
4

dimanche
5

Novembre

Les graines de courges pour le confort urinaire

En plus de leurs qualités nutritives, les courges à graines nues ou courges à huile (*Cucurbita maxima*, *Cucurbita pepo*) ont longtemps été utilisées comme antiparasitaires et ténifuges pour les animaux. C'est dans l'huile extraite des graines, riches en acides linoléiques, en oligo-éléments et en vitamines B, C et E, que l'on a découvert depuis peu des propriétés décongestionnantes précieuses en cas d'hypertrophie bénigne de la prostate chez l'homme ou de troubles urinaires chez la femme. Pour une conservation tout l'hiver, stockez au chaud à la maison les variétés comme 'Blue Hubbard' ou 'Galeuse d'Eysines' pour les courges *maxima*, et 'Lady Godiva', 'Patidou' ou 'Jack be Little' pour les *pepo*. Une dizaine de graines consommées deux fois par jour maintiendront un confort urinaire.

Le frêne, l'arbre médicinal le plus utilisé de tous les temps !

Voilà un arbre au bois précieux, comme le noyer ou le merisier, à implanter au jardin si on dispose d'un peu de surface. Résistant aux tempêtes par son enracinement puissant, le frêne (*Fraxinus excelsior, Fraxinus angustifolia*) aime les sols fertiles, frais et profonds. Ses feuilles sont diurétiques, analgésiques et anti-inflammatoires, protectrices pour les articulations, indiquées en cas de rhumatismes, d'arthrose ou de problème de rétention d'eau et d'œdème. Le frêne est aussi un bon compagnon des régimes amaigrissants ! Son écorce récoltée à l'automne, prise en décoction, était réputée contre la fièvre. On peut associer ses feuilles avec celles du cassis et les sommités fleuries de la reine-des-prés pour une infusion antirhumatismale.

Apogée 22h48

lundi 6

mardi 7

19h05

mercredi 8

jeudi 9

vendredi 10

ND 09h48

11h51

samedi 11

Armistice 1918

dimanche 12

Novembre

TRAVAUX DU JARDIN

2e QUINZAINE

Au potager

- Apportez du compost sur les parcelles nues.
- Paillez le jardin pour le protéger du froid.

Au verger

- Commencez les plantations d'arbres et d'arbustes.
- Nettoyez les troncs des fruitiers, ôtez lichens et mousses.

Au jardin d'ornement

- Paillez les massifs à l'aide de feuilles mortes.
- Commencez les plantations de rosiers.

Du côté des médicinales

- Plantez les arbres comme le saule, le frêne, le bouleau, le sureau, le cerisier, le prunus, etc. (sans oublier de maintenir les arbres vieillissants, habitats pour de nombreux auxiliaires).

03h29

03h00

10h37

lundi 13

mardi 14

mercredi 15

jeudi 16

vendredi 17

samedi 18

dimanche 19

La rhubarbe, la « racine des barbares » à l'effet purgatif puissant

Utilisée dans la pharmacopée chinoise depuis 3 000 ans pour ses vertus purgatives et stomachiques, la rhubarbe (*Rheum rhabarbarum, Rheum officinale*) fit son entrée en matière médicale au XVIe siècle. Elle est aujourd'hui indiquée en cas de constipation, ou en application locale pour les poussées dentaires douloureuses chez l'enfant. Très rustique, sa racine profonde et généreuse pousse sur des sols riches, humides et bien ensoleillés. Elle contient des vitamines B et C, des sels minéraux, de l'amidon, des sucres et de l'acide oxalique. On la récolte en prenant bien soin de ne pas prendre toute la souche (c'est d'ailleurs l'occasion de la multiplier en la divisant). Attention, ses décoctions purgatives sont contre-indiquées chez l'enfant.

Le mélèze d'Europe (*Larix decidua*), un immunostimulant de choix

Voilà un bel arbre à planter dans les régions froides pour sa capacité à restaurer et à enrichir les sols pauvres, pour l'élégance de son feuillage dense et caduc, son enracinement puissant et sa capacité à supporter les températures extrêmes (de -40 °C aux chaleurs torrides). L'utilisation de ses bourgeons en gemmothérapie ou en décoction comme stimulant immunitaire du système respiratoire est la plus courante. Le mélèze renforce l'organisme pour affronter les infections ou toute attaque d'agent pathogène, et est très utile aussi pour les affections de la sphère ORL. Aujourd'hui, il est reconnu scientifiquement que respirer l'essence antiseptique, anti-infectieuse et expectorante émanant de ses feuilles nous protège et nous prépare aux épidémies hivernales.

Novembre Semaine 47

09h05

lundi
20

Périgée 22h01

mardi
21

14h02

mercredi
22

jeudi
23

NA 12h01

vendredi
24

20h04

samedi
25

dimanche
26

18h03

Novembre

lundi **27**

mardi **28**

mercredi **29**

jeudi **30**

vendredi **1er**

samedi **2**

dimanche **3**

UN SUBSTITUT AU GINSENG !

L'éleuthérocoque

Originaire de Sibérie, l'éleuthérocoque est une plante adaptogène de choix. Arbuste épineux de deux à trois mètres de haut, aux feuilles palmées et longuement pétiolées, cette plante rare en Europe est employée depuis plus de 4 000 ans comme grand remède de bonne santé par les Chinois et comme substitut au ginseng en Russie, autant en préventif qu'en curatif, pour stimuler l'appétit, augmenter les performances athlétiques et intellectuelles, accroître la durée de vie.

Reconnue par la pharmacopée européenne, sa racine, récoltée soit en automne soit au printemps, a la capacité de ramener à la normale les constantes physiologiques et augmente ainsi la résistance du corps face aux stress environnementaux, à l'effort et facilite la récupération. Elle accroît la vitesse d'exécution, la qualité et la capacité à fournir un effort physique. Elle stimule le système nerveux, renforce la concentration et soulage le surmenage intellectuel. Le « ginseng russe » est un revitalisant exceptionnel aux propriétés immunostimulantes. C'est un tonique général contre les asthénies fonctionnelles. Il diminue le stress, participe au bien-être général pour les périodes de convalescence et aide à lutter contre les agressions virales.

Une fois les racines séchées, on en fait une décoction (4 g à faire bouillir dans ¼ L d'eau pendant 15 minutes, 3 fois par jour) ou on les réduit en poudre (2 à 4 g dans 150 mL d'eau bouillante, 1 à 2 tasses par jour). On peut faire des cures de quatre à six semaines notamment pour accompagner le traitement des maladies infectieuses type maladie de Lyme.

Ce petit arbuste a les mêmes exigences climatiques que le poivrier du Sichuan qui se plaît dans les climats du nord, ouest et est de la France. On trouve facilement des graines de cet arbuste. Il est nécessaire de stratifier les semences durant un à deux mois au réfrigérateur ou naturellement en les laissant dehors pendant la période hivernale. La germination des graines d'*Eleutherococcus* est longue, compter un à deux mois.

PLANTATION : d'octobre à mars **SEMIS :** stratification des graines, puis germination 2 mois sous abri en godet **PARTIE UTILISÉE :** racine **RÉCOLTE :** en octobre-novembre **CONTRE-INDICATIONS :** déconseillé chez la femme enceinte et allaitante et chez l'enfant

Éleuthérocoque

ELEUTHEROCOCCUS SENTICOSUS

Ginseng russe, Buisson du diable

Décembre

TRAVAUX DU JARDIN

1re QUINZAINE

Au potager

- Finissez de bêcher les sols argileux.
- Protégez les légumes-racines laissés en place avec de la paille ou des feuilles.
- Broyez les différents déchets du jardin accumulés et stockez-les pour équilibrer votre compost la saison prochaine.

Au verger

- Commencez à badigeonner les troncs.

Au jardin d'ornement

- Dès qu'un grand froid s'annonce, protégez vos plantes sensibles avec un épais paillis ou un voile d'hivernage.

Du côté des médicinales

- Sur le littoral méditerranéen, plantez les *Citrus* en pleine terre dans un sol riche, humide et bien drainé, largement exposé au soleil.

Décembre

Semaine **49**

Apogée 19h42

lundi
4

mardi
5

03h34

mercredi
6

jeudi
7

ND 16h24

vendredi
8

samedi
9

20h53

dimanche
10

Décembre

L'argousier pour favoriser nos défenses naturelles

Considéré comme la prochaine génération de produits phytopharmaceutiques en raison de sa valeur médicinale considérable, ce petit arbuste des sols sablonneux, résistant aux fortes variations de température, enrichit le sol en azote en plus d'être une belle source de nourriture pour les oiseaux. Ses fruits, les baies, récoltés d'août à décembre, nous offrent un cocktail santé incroyable rassemblant vitamine C, minéraux, protéines, oligo-éléments et antioxydants. Anti-infectieux, antigrippaux, antimicrobiens et toniques, ils sont à consommer en jus frais, huile, gelée ou sirops. De la même façon qu'il se défend avec ses épines, résiste aux pesticides et à la pollution de milieux urbains, l'argousier (*Hippophae rhamnoides*) nous protège, nous renforce et nous nourrit.

L'oranger amer : des feuilles, des fleurs et un zeste de détente assurée !

Cultivé dans le bassin méditerranéen, l'oranger amer (*Citrus aurantium*), ou petit grain bigaradier, est un très bel arbuste persistant de floraison abondante et aromatique. Toutes les parties de la plante (feuilles, boutons floraux et écorce de ses fruits) sont médicinales. Reconnues pour leurs effets sédatifs et inducteurs du sommeil, les fleurs et les feuilles sont utiles en cas de nervosité et d'insomnie. Le zeste est veinotonique, indiqué pour les fragilités capillaires cutanées. Facile de culture, exposé à l'abri du vent, en pot ou en pleine terre selon les régions, l'oranger amer est gourmand en lumière, en arrosage et en matière organique. Protégé par un voile d'hivernage ou rentré à l'abri dans une pièce non chauffée et bien éclairée, il supporte les brèves gelées jusqu'à -8 °C.

Décembre Semaine 50

12h17

10h58

17h11

14h46

lundi
11

mardi
12

mercredi
13

jeudi
14

vendredi
15

Périgée 19h52

samedi
16

dimanche
17

Décembre

TRAVAUX DU JARDIN

2

Au potager
- Triez vos graines.
- Nettoyez vos pots et votre serre.
- Surveillez les légumes en conservation.
- Nettoyez vos outils et leurs manches.
- Vidangez et rangez le matériel d'arrosage.

Au verger
- Éliminez le gui.

Au jardin d'ornement
- Rentrez les pots en terre pour qu'ils n'éclatent pas.
- Feuilletez les catalogues pour dénicher raretés et nouveautés.

Du côté des médicinales
- Récoltez les baies du genévrier après les premières gelées et celles de l'argousier de la mi-août jusqu'aux premières gelées (selon la région) lorsque les fruits sont bien mûrs et se détachent tout seuls de l'arbre.
- Prenez quelques précautions pour ne pas vous blesser avec leurs épines : ramassez-les à la main ou en tapant tout doucement sur les branches avec un bâton pour les faire tomber sur un support (un parapluie ouvert, par exemple).

lundi
18

18h46

mardi
19

mercredi
20

NA 14h53

jeudi
21

02h30

vendredi
22

Hiver

samedi
23

01h30

dimanche
24

Décembre

L’eucalyptus, un « arbre respiratoire »

Originaire d’Australie et introduit depuis peu en Europe, l’*Eucalyptus globulus* s’est bien acclimaté dans le sud de la France (attention, il souffre au-delà de -5 °C). S’il n’a pas besoin d’un sol humide pour sa croissance rapide, c’est qu’il va chercher l’eau en profondeur avec un fort enracinement. Il peut atteindre jusqu’à 40 mètres de haut. Ses feuilles, qui poussent sur les branches âgées, sont très odorantes et ont des propriétés antimicrobiennes. Elles sont traditionnellement utilisées dans les affections bronchiques, en inhalation contre le rhume et toutes les infections respiratoires. Une infusion de feuilles coupées préserve la totalité des principes actifs (une cuillère à soupe pour une tasse). En fumigation, elles assainissent l’air des zones humides.

La pharmacopée familiale : une armoire aux herbes pour des soins toute l’année !

À la maison, au coin du feu, quand la terre et les végétaux se reposent en cette fin d’année, c’est un doux moment pour planifier son calendrier de récolte à venir et pour trier les plantes soigneusement récoltées, séchées et stockées dans des bocaux en verre à l’abri de la lumière. Appelés principes actifs ou drogues végétales, les composants naturels de la plante ou d’une partie de la plante qui lui confèrent son effet thérapeutique sont, eux, encore bien actifs et ce pour un an. N’oubliez pas de nommer, étiqueter et dater les bocaux afin de bénéficier de leurs bienfaits grâce à des usages et des modes de préparation divers et variés. Les remèdes à base de plantes peuvent être nocifs en cas de mauvaises conditions de conservation et d’erreurs d’identification.

Décembre Semaine 52

09h26

20h16

10h44

lundi
25

Noël

mardi
26

mercredi
27

jeudi
28

vendredi
29

samedi
30

dimanche
31

AIDE-MÉMOIRE

LE SECRET DE LA RÉUSSITE, DANS LA CONDUITE DE SON POTAGER ?

Une bonne organisation, des gestes faits en temps utile, un peu de technique aussi, et un sens de l'observation développé. En jardinage bio, la clé de voûte reste le soin apporté à entretenir une bonne terre de jardin (vive le compost !) et à aménager l'environnement des cultures. Cet aide-mémoire est une suite logique des pages de l'agenda, dans lesquelles vous notez jour après jour l'avancement de vos travaux.

Suivez le guide :

- **Comment aménager le potager ?** Organisez les rotations entre cultures, selon la famille à laquelle appartient chaque légume, ses exigences en compost…
- **Les clés de la fertilisation** : une bonne connaissance de son sol à partir des plantes indicatrices ; les différents fertilisants bio ; un bon compost ; les engrais verts.
- **Les principales techniques de cultures** : associations de légumes, arrosage, paillage.
- **Les soins aux plantes.**
- **Les récoltes et leur conservation.**

LES ROTATIONS AU POTAGER

C'est la succession des cultures dans le temps sur une même parcelle. Cultiver toujours le même légume au même endroit provoque en effet une fatigue du sol et son appauvrissement, ainsi que la multiplication des ravageurs et maladies propres à cette culture.

Voici quelques règles simples pour éviter ces inconvénients.

- **Certaines cultures ne doivent revenir au même endroit qu'après 4 ou 5 ans,** en particulier les bulbes (ail, échalote, oignon, poireau), les choux et les pois. Même chose pour les cultures à cycle végétatif long – asperge, artichaut, fraisier, raifort – et celles qui développent des maladies. Par contre, les salades, les radis et les épinards peuvent s'intercaler à tous les stades des rotations, là où il y a de la place.
- **Évitez de faire se succéder des plantes développant les mêmes organes** : racine ou tubercule, feuille, fleur ou fruit.
- **Évitez le retour trop fréquent de légumes appartenant à la même famille botanique** (voir page ci-contre).
- **Tenez compte des exigences des légumes en compost** en évitant de faire se succéder des plantes épuisantes ou en évitant d'installer un légume ne nécessitant pas d'apport après une culture qui laisse un important reliquat de fumure (voir tableau, page ci-contre).

À QUELLE FAMILLE APPARTIENT CE LÉGUME ?

Il faut éviter le retour trop fréquent, sur une même parcelle, de légumes appartenant à la même famille botanique (cela favorise les parasites et la fatigue du sol). C'est une des règles des rotations.

Alliacées
- Ail, ciboulette, échalote, oignon, poireau.

Amarantacées
- Épinard.

Apiacées
- Aneth, carotte, céleri, cerfeuil, coriandre, fenouil, panais, persil.

Astéracées
- Artichaut, cardon, chicorée, estragon, laitue, pissenlit, salsifis, scorsonère, topinambour.

Brassicacées
- Choux (toutes espèces), cresson, moutarde, navet, radis, roquette.

Chénopodiacées
- Arroche, betterave, poirée (ou bette).

Cucurbitacées
- Concombre, courge, pastèque, potiron, melon.

Fabacées (ou Légumineuses)
- Fève, haricot, lentille, luzerne, pois, soja, trèfle, vesce.

Lamiacées
- Crosne, thym.

Liliacées
- Asperge.

Solanacées
- Aubergine, pomme de terre, poivron, piment, tomate.

Autres
- Fraisier, mâche, maïs, oseille, phacélie, pourpier, seigle, tétragone.

EXIGENCE DES LÉGUMES EN COMPOST

Apport nul ou faible	**Apport moyen (- de 300 kg/100 m²)**	**Apport important (+ de 300 kg/100 m²)**
ail, chou de Bruxelles, fève, échalote, haricot (*), mâche, navet, oignon, pois (*), radis	asperge, bette, betterave (*), carotte (*), chicorées (*), laitue (*), panais (*), pissenlit (*), salsifis (*), scorsonère (*)	artichaut, aubergine, céleri (*), chou (*), concombre, cornichon, courges, potiron, épinard (*), fenouil, fraisier, maïs, melon, poireau, poivron, pomme de terre, tomate

(*) Apport de compost mûr (bien décomposé). Dans les autres cas : apport de compost demi-mûr possible.
NB - Une brouette contient environ 40 kilos de compost.

LES MATÉRIAUX POUR LE COMPOST

Matériaux pauvres en carbone et riches en azote	Matériaux de composition idéale (carbone/azote = 25-30)	Matériaux riches en carbone et pauvres en azote
- engrais verts jeunes - foin de légumineuses - déjections animales - déchets domestiques (épluchures, restes...) - tontes de gazon - consoude - fumier décomposé - fanes de tomates - choux - algues marines (vertes ou brunes)	- feuilles d'aulne - feuilles de frêne - fumier (avec litière) - marc de café - fanes de pomme de terre	- paille de maïs - paille de colza - paille de blé - sciure de bois - papier - tourbe - feuilles de chêne - feuilles de bouleau - feuilles d'érable

Le secret du compostage consiste à utiliser des matériaux de la colonne centrale et/ou un mélange de matériaux des colonnes de droite et de gauche.

RICHESSE DES ENGRAIS ET DES AMENDEMENTS EN AZOTE, PHOSPHORE ET POTASSIUM

	Azote (N) %	Phosphore (P205) %	Potassium (K20) %
Poudre de corne	10-15	1	0,75
Laine	10-12	-	-
Poils, crins, plumes	5	-	0,75
Marc de pomme	1,2	0,5	0,7
Marc de raisin	0,7	0,2	0,5
Vase d'étang	0,2	0,2	0,4
Algues (varechs)	0,5-1,5	0,3	0,5-1,5
Tourteaux	3-6	2	1
Fumier de cheval	0,6	0,25	0,6
Fumier de bovin	0,3	0,15	0,4
Fumier de mouton	0,8	0,2	0,7
Fumier de porc	0,45	0,2	0,6
Fumier mixte décomposé	0,6	0,3	0,5
Fiente de poule, de pigeon, de canard	3-6	1,5	0,2
Scories Thomas	-	15-20	-
Phosphates naturels (Gafsa)	-	30	-
Phospal	-	30	-
Patentkali	-	-	30
Cendre de bois	-	3-10	10-30

LES ENGRAIS VERTS AU JARDIN

Plante utilisée	Semis	Enfouissement	Dose de semis (g/100 m2)	Remarques
Épinard	printemps ou automne	printemps, été, automne	500	aussi en culture intercalaire
Vesce + avoine	mars	juin	1 000 + 800	aucune
Pois + avoine	mars	juin	1 200 + 800	aucune
Moutarde	mars à août	juin à novembre	150	supporte les sols calcaires
Phacélie	mars à août	juin à novembre	150	plante très mellifère
Trèfle blanc	avril	automne	40-80	aucune
Trèfle violet	avril	automne	200	aucune
Trèfle d'Alexandrie	été	automne	300	climats chauds
Lupin	été	automne	2 000	sols siliceux et pauvres
Radis chinois	juillet/août	automne	200	aucune
Sarrasin	juillet/août	automne	500	grand pouvoir désherbant
Trèfle incarnat	août	printemps	250	sols siliceux
Seigle	septembre/octobre	printemps	2 000	étouffe certaines mauvaises herbes (chiendent, etc.)
Vesce d'hiver + seigle	septembre/octobre	printemps	500 + 600	aucune

Graines d'engrais verts disponibles chez Magellan, Nutrisol, Profertyl (voir « Adresses utiles » p. 157).

PLANTES INDICATRICES DU SOL

La présence de plusieurs de ces plantes dans votre jardin ou à proximité peut vous renseigner sur la nature de votre sol.

• Sol riche en matière organique ou en azote :
Séneçon des jardins
Pâturin annuel
Mouron des oiseaux
Véronique
Mercuriale annuelle
Petite ortie
Amarante
Pourpier

• Sol acide :
Petite oseille
Ravenelle
Chrysanthème des moissons
Digitale pourpre
Châtaignier
Ajonc
Bruyère cendrée
Fougère aigle
Genêt à balai

• Sol calcaire :
Hellébore fétide
Sauge des prés
Cerisier Mahaleb
Sainfoin
Viorne flexible

• Sol argilo-calcaire :
Sureau yèble
Chicorée sauvage
Orme champêtre

• Sol frais :
Consoude officinale
Renoncule rampante
Houblon
Reine-des-prés
Cardamine des prés

• Sous-sol compact :
Liseron
Chardon

ASSOCIATIONS DE LÉGUMES

Légumes	Voisinage favorable avec…	Voisinage défavorable avec…
Ail	chicorée, pissenlit, fraisier, tomate	artichaut, asperge, choux, haricot, pois, pomme de terre
Asperge	persil, poireau, pois, concombre, cornichon, tomate	ail, bette, betterave, chicorée, oignon
Aubergine	tagète	pomme de terre, oignon
Betterave	céleri, laitue	asperge, épinard, poireau, tomate
Carotte	betterave, échalote, haricot, laitue, oignon, panais, poireau, pois, radis, salsifis	maïs, bette
Céleri	betterave, choux, concombre, cornichon, haricot, poireau, pois, tomate	maïs, persil, laitue
Chicorées	épinard, roquette	asperge, choux
Choux	betterave, céleri, concombre, cornichon, haricot, laitue, pois, pomme de terre, tomate, épinard, salsifis	chicorées, courgette, fenouil, fraisier, mâche, maïs, poireau, radis, piment
Concombre, cornichon	céleri, choux, haricot, laitue, pois, asperge, oignon	pomme de terre, tomate, radis
Courge, potiron	choux, laitue, maïs, pomme de terre	fenouil, radis
Échalote	carotte	haricot, pois, choux
Épinard	artichaut, fraisier, haricot, radis, choux, navet, pomme de terre, tomate	Ø
Fenouil	céleri-rave, poireau	choux, concombre, épinard, haricot, navet, panais, tomate
Fève	choux, laitue, pomme de terre	oignon
Fraisier	oignon, ail, poireau	choux
Haricot	concombre, carotte, céleri, choux, épinard, laitue, maïs, pomme de terre	ail, courgette, échalote, fenouil, oignon, poireau, pois
Laitue	betterave, carotte, choux, fève, haricot, melon, navet, oignon, poireau, pois, radis, tomate	persil, céleri
Mâche	fraisier, poireau	amarante
Maïs	betterave, courge, haricot, potiron, tomate, pois	laitue, oignon
Navet	chicorée sauvage, épinard, fraisier	chicorées frisées et scaroles
Oignon	carotte, laitue, panais, mâche, radis	haricot, pois
Panais	betterave, chou-rave, oignon blanc, radis	fenouil, laitue
Persil	asperge, tomate, oignon	pois, laitue, poireau, céleri
Poireau	artichaut, asperge, carotte, céleri, fenouil, laitue, mâche, tomate	bette, choux, betterave, haricot, persil, pois
Pois	asperge, carotte, céleri, choux, concombre, cornichon, laitue, navet, radis, pomme de terre	ail, échalote, oignon, persil, poireau
Pomme de terre	céleri, choux, courge, épinard, fève, haricot, pois, potiron, radis	maïs, tomate
Radis	carotte, concombre, épinard, haricot, laitue, oignon, pois, tomate	choux
Salsifis	carotte, épinard, oignon, poireau	Ø
Tomate	choux, œillet d'inde	pomme de terre

L'ARROSAGE

Besoins en eau

- Quelques légumes supportent bien une absence d'arrosage : ail, oignon, échalote, pomme de terre, asperge, topinambour, sauf en régions chaudes si l'été est très sec.
- À l'opposé, les légumes à grande surface foliaire et à développement rapide sont très exigeants en eau : courges, potirons, melons, salades, tomates, aubergines, piments, céleris, choux.
- Les périodes critiques où il faut éviter le manque d'eau : les semis, la floraison, le début de la formation des tubercules, des racines et des fruits.

Quand arroser ?

- Évitez d'arroser en pleine chaleur : une grande partie de l'eau va s'évaporer.
- Arrosez tôt le matin si vous craignez le développement des maladies cryptogamiques et si les nuits sont fraîches.
- Arrosez en fin de journée au pied des plantes pendant les périodes chaudes, pour limiter au maximum les pertes par évaporation.
- N'arrosez pas trop souvent mais abondamment.

Avec quelle eau ?

- L'eau de pluie récupérée de vos toitures et stockée dans un bassin, une mare ou de grands récipients est celle qui convient le mieux : elle n'est ni trop froide ni polluée et ne coûte rien.
- Économisez l'eau du robinet. Elle est souvent trop froide, chlorée.. et de plus en plus chère.

Comment arroser ?

- D'une manière générale, il vaut mieux arroser les légumes au pied. L'aspersion convient aux salades et aux choux mais elle favorise les mauvaises herbes, les limaces et consomme beaucoup d'eau.
- L'arrosoir reste l'outil le plus souple et le plus précis, irremplaçable si vous souhaitez apporter en plus des purins fertilisants (ortie, consoude, etc.). Arrosez les semis à la pomme et les plantes sensibles aux maladies au goulot.
- En sol peu perméable et avec une légère pente, arrosez par gravité dans des rigoles.
- Pour les planches tout en longueur, le tuyau microporeux est très pratique.

LE PAILLAGE

Le paillage maintient l'humidité du sol en été et limite le développement des herbes indésirables, tout en apportant de l'humus. Utilisez de préférence les déchets du jardin, de la paille ou des matériaux du commerce (paillettes de lin ou de chanvre, coquilles de fèves de cacao, écorces de pin, films biodégradables à base d'amidon ou de papier).

Quoi ?	Où ?	Conditions d'utilisation
Tontes de pelouse	Potager	Faire sécher quelques jours et épandre moins de 3 cm d'épaisseur ; riches en azote.
Feuilles mortes	Arbres, arbustes, haies	Attention au vent. Décomposition lente. 5 cm d'épaisseur.
Jeunes branches broyées	Verger et potager, sauf jeunes semis et plantations	3 cm d'épaisseur. Ne pas broyer de branches mortes ou malades.

DES PLANTES POUR SOIGNER LES PLANTES

Voici les principales plantes que vous pouvez utiliser pour fortifier et protéger vos légumes et vos fruits. On distingue quatre types de préparation.

- **Macération :** faites tremper 24 à 48 heures, puis filtrez. S'utilise non diluée.
- **Purin, ou extrait fermenté :** faites fermenter dans de l'eau, puis filtrez ; brassez chaque jour. Soutirez dès qu'il n'y a plus fermentation. S'utilise à différentes dilutions.
- **Infusion :** jetez dans l'eau bouillante, couvrez et laissez infuser 24 heures. S'utilise non diluée.
- **Décoction :** laissez tremper 24 heures.

Faites bouillir 20 minutes, couvrez et laissez refroidir. S'utilise à différentes dilutions.
Dans tous les cas, préférer l'eau de pluie à celle du robinet. Seul le purin peut se conserver, après filtration, en bidons et en cave. Les autres préparations doivent être utilisées dans les jours qui suivent.

Espèces	Préparation	Dilution	Utilisation
Absinthe *(Artemisia absinthium)*	• **Purin** : 2 à 3 kg de plante fraîche (200-300 g de plante séchée) dans 10 litres d'eau. 10 jours. Filtrez.	non dilué	Fourmis, pucerons, chenilles, mollusques au printemps.
	• **Décoction**	non diluée	Mouche du chou, carpocapse de la pomme au moment des vols.
Ail	• **Infusion** : 70 à 80 g de gousses d'ail non épluchées et écrasées pour 10 litres d'eau. (Ou bien 40 g d'ail et 650 g d'oignons.)	non diluée	Acariens, pucerons et maladies cryptogamiques sur plantes et au sol début mai 3 fois à 3 jours d'intervalle.
	• **Macération** : 1 grosse tête d'ail écrasée, 2 jours dans 10 litres d'eau. Filtrer.	non diluée	Prévient le mildiou et la rouille.
Consoude Feuilles et tiges	• **Purin** de 2 semaines : récipient rempli de consoude. Mettez une pierre et couvrez d'eau.	1/6 à 1/20	En arrosages réguliers comme engrais. Feuilles utilisables en mulch fertilisant. Favorise développement et maturation sur toutes cultures et particulièrement les plantes « fruits ».
Fougère (Fougère mâle ou fougère aigle)	• **Purin** : 1 kg de feuilles fraîches ou 100 g de sèches dans 10 litres d'eau. Filtrez.	non dilué	Pulvérisez sur pucerons et limaces, contre les pucerons lanigères et les cochenilles en traitement d'hiver.
Ortie *(Urtica dioica, Urtica urens)*	• **Purin** : 1 kg de plante fraîche dans 10 litres d'eau (ou 200 g de plante sèche) au moins 10 jours.	1/10 à 1/20	En arrosage, stimule la croissance pour toutes cultures et jeunes plants. Arrosez les sillons avant les semis.
Prêle des champs *(Equisetum arvense)*	• **Décoction** : 500 g de plante sèche pour 10 litres d'eau.	1/5	Pulvérisez plusieurs fois en fin de printemps et en été contre les maladies cryptogamiques : oïdium, mildiou, moniliose, rouille, tavelure, cloque, septoriose...
	• **Extrait fermenté** : 200 g pour 10 litres.	1/20	Même usage que la décoction.
Tanaisie *(Tanacetum vulgare)*	• **Infusion** : 300 g de feuilles, tiges et fleurs fraîches pour 10 litres d'eau ou 30 g de plante sèche.	non diluée	Pulvérisez contre de nombreux insectes : pucerons, fourmis, noctuelles, altises.
	• **Décoction** : mêmes quantités.	non diluée	Pulvérisez contre noctuelles, piérides, altises et pucerons.

Pour en savoir plus :

- B. Lapouge-Déjean et S. Lapouge, *Je prépare mes potions pour le jardin*, Terre vivante, 2021.
- *Le Guide Terre vivante des maladies et ravageurs au potager bio* (collectif), 2017.
– Jean-Paul Thorez, *Pucerons, mildiou, limaces*, Terre Vivante, 2008.

AUTRES TRAITEMENTS AU JARDIN

Ces interventions ne sont à considérer que comme un complément à de bonnes pratiques de jardinage : travail correct du sol, choix de plantes adaptées, aménagements du jardin (accueil des auxiliaires...).

Contre les ravageurs

- **Pyrèthre** : insecticide végétal, efficace contre pucerons, doryphores... S'utilise en pulvérisation.
- **Savon noir** : contre pucerons. En pulvérisation. Dose : 15 g/l. Commencez par diluer le savon dans un peu d'eau tiède puis complétez.
- ***Bacillus thuringiensis*** : contre chenilles (piérides, noctuelles...). En pulvérisation dès l'apparition des ravageurs.
- **Huiles blanches** (paraffine ou colza) : contre les formes hivernantes de pucerons, cochenilles, acariens... Utilisées principalement en hiver, en pulvérisation sur les arbres fruitiers et ornementaux.
- **Pièges** : différents modèles contre aleurodes (serre, véranda), mouche de la cerise, carpocapse.

Contre les maladies

- **Soufre** :
  - contre l'oïdium (courges, concombre, cornichon, melon...) : fleur de soufre en poudrage sur le sol, comptez 25 g par m^2 ;
  - contre l'oïdium (vigne) : soufre mouillable en pulvérisation (7,5 g/l).
- **Cuivre** : plusieurs formulations existent : bouillie bordelaise (dose : 20 % de cuivre métal), oxychlorure de cuivre (50 % de cuivre métal), hydroxyde de cuivre (50 % de cuivre métal). Ce dernier a une action choc.
  - **contre le mildiou (tomate, pomme de terre)** : bouillie bordelaise (2 g/l), tous les 7 jours, à renouveler en cas de pluie ;
  - **contre la moniliose (abricotier, cerisier, prunier...)** : bouillie bordelaise (12 g/l), oxychlorure de cuivre (5 g/l) ;
  - **contre la tavelure (pommier)** : bouillie bordelaise (12 g/l), au débourrement (printemps) et à la chute des feuilles (automne).

UN BADIGEON POUR LES ARBRES

Le badigeonnage des troncs et du départ des charpentières nourrit l'écorce, participe à la lutte contre certains parasites et maladies (cochenilles, moniliose, etc.), inhibe le développement des mousses et des lichens, protège du gel...

Recette du badigeon

• 5 kg d'argile • 3 kg de bouse de vache • 500 g de poudre de roche ou de lithothamne
• ½ litre de décoction de prêle ou de silicate de soude • 500 g de cendre de bois
Mélangez les ingrédients dans 10 litres d'eau chaude. L'application se fait au pinceau en novembre ou encore fin février, lorsqu'il ne gèle pas, après avoir éliminé à la brosse mousses et lichens.

Variantes

• Si vous avez beaucoup de mousse, ajoutez du permanganate de potassium (50 g pour 10 litres). • Si vous avez beaucoup de lichen, ajoutez du sulfate de fer (50 g pour 10 litres).
• Pour éviter le craquèlement du badigeon, ajoutez 0,5 à 1 litre d'huile végétale ou de paraffine pour 10 litres d'eau.

OÙ ET COMMENT CONSERVER VOS LÉGUMES

Légumes	Lieu ou mode de conservation	Précautions particulières et observations
Ail	Grenier	Récoltez à maturité complète, laissez bien ressuyer.
Betterave rouge	Cave, silo ou lacto-fermentation	Couper le collet et le bout de la racine.
Carotte	Cave, silo ou en place	Idem.
Céleri-branche	Cave	Arrachez la motte. Conservation limitée à quelques semaines.
Céleri-rave	Cave ou silo	Coupez le collet et les racines.
Chicorée frisée	Cave ou sous châssis	Conservation limitée à quelques semaines.
Chou rouge	Cave ou sous châssis	Conservation limitée à 1 ou 2 mois.
Chou-fleur	Cave ou sous châssis	Conservation limitée à quelques semaines.
Chou pommé, frisé et de Bruxelles	En place	Aucune.
Concombre	Lacto-fermentation	Aucune.
Courge	Local sec à l'abri du gel	Dans les climats froids et humides, une pièce habitée (et donc chauffée) est l'endroit qui convient le mieux.
Échalote	Grenier	Récoltez à maturité complète, laissez bien sécher.
Fève	Grenier	Attendez pour récolter que les cosses soient complètement desséchées.
Haricot	Grenier	Idem.
Laitue	En place (laitue d'hiver), sous châssis (laitue d'automne)	Sous châssis, la conservation est limitée, variable selon le climat.
Lentille	Grenier	Attendez pour récolter que les cosses soient complètement desséchées.
Mâche	En place	La mâche à grosses graines est moins résistante au froid que les autres variétés.
Maïs sucré	Cave	Conservation limitée à 1 ou 2 mois (maïs récolté avant maturité).
Navet	Cave ou silo	Coupez le collet et les racines.
Oignon	Grenier	Récoltez à maturité complète, laissez bien ressuyer.
Panais	En place ou en silo	Dans les climats froids, recouvrez le sol de paille ou de feuilles.
Pissenlit	En place	Aucune.
Poireau	En place	Dans les climats rigoureux, choisissez des variétés résistantes au froid ('Bleu de Solaise', par ex.).
Pomme de terre	Cave	Veillez à ce que les pommes de terre restent à l'obscurité.
Potiron	Local sec à l'abri du gel	Dans les climats froids et humides, une pièce habitée est l'endroit qui convient le mieux.
Radis noir	Cave ou silo	Coupez le collet et le bout de la racine.
Salsifis, scorsonère	En place	Aucune.
Soja	Grenier	Dans la mesure du possible, attendez pour récolter que les cosses soient bien desséchées.
Tomate	Local sec à l'abri du gel	Conservation limitée à 1 ou 2 mois (sauf tomates-cerises qui se gardent moins longtemps).
Topinambour	En place	Dans les climats froids, recouvrez le sol de paille ou de feuilles.

ADRESSES UTILES

SEMENCES

Agrosemens
Z. A. du Verdalaï
105 rue du Chemin de fer – Peynier
13790 Rousset
Tél. 04 42 66 78 22
www.agrosemens.com
www.lasemencebio.com
Semences potagères bio.

Biau Germe (Le)
Le Garliet
47360 Montpezat
Tél. 05 53 95 95 04
www.biaugerme.com
Graines potagères et condimentaires de culture biologique et biodynamique, engrais verts, etc.

Bonne graine (La)
SARL LBG 49
36 rue de la Boulaie – Tigné
49540 Lys-Haut-Lyon
Tél. 02 41 51 79 93
www.labonnegraine.com
Semences de potagères, aromatiques, fleurs, plants de petits fruits, en partie bio.

Essem'bio
Lieu-dit La Revanche
32700 Lectoure
Tél. 05 62 28 55 14
www.essembio.com
Semences potagères biologiques et biodynamiques en VPC et Biocoops.

Perriol
Carré de jardin
Les Marrons
Espace économique AXE 7,
26140 Albon
Tél. 04 75 03 42 10
www.perriol.fr
Semences de pommes de terre bio.

Fabre Graines
21 rue des Drapiers
57083 Metz Cedex 3
Tél. 03 87 74 07 65
www.fabre-graines.com
Graines potagères, fourragères, de fleurs, engrais verts en partie bio.

Ferme de Sainte Marthe
7 rue Lavoisier
49800 Loire-Authion
Tél. 02 41 44 11 77
www.fermedesaintemarthe.com
Graines en grande partie bio.

Germinance
1 chemin de la Rougerie - Soucelles
49140 Rives-du-Loir-en-Anjou
Tél. 02 41 82 73 23
www.germinance.com
Graines potagères, florales et aromatiques, engrais verts de culture biologique et biodynamique.

Graines Baumaux
2 Ferme du Château
88500 Mazirot
Tél. 03 29 43 00 00
www.graines-baumaux.fr
Large choix de variétés potagères inhabituelles, petite partie en bio.

Graines del Pais
16 rue de la Pompe
11240 Bellegarde-du-Razès
Tél. 04 68 69 81 79
www.grainesdelpais.com
Semences bio d'aromatiques, plantes florales et potagères.

Groupe de jardinage des fraternités ouvrières
58 rue Charles-Quint
B-7700 Mouscron
Belgique
Tél. 00 32 56 33 38 70
Groupement d'achat de semences et amendements pour jardins bio, arbres et arbustes, très large choix de variétés anciennes et oubliées.

Jardin de Sauveterre (Le)
6 Laboutant
23220 Moutier-Malcard
Tél. 06 52 82 53 74
www.jardindesauveterre.com
Semences et plants de fleurs sauvages.

Jardin du Naturaliste (Le)
36 bis rue Dufour-Lebrun
60590 Talmontiers
Tél. 09 74 56 35 48
www.olivier-tranchard.fr
Semences et plants de fleurs sauvages.

Kokopelli
Forêt de Castagnès
Route de Sabarat
09290 Mas-d'Azil
Tél. 05 61 67 69 87
www.kokopelli-semences.fr
Énorme catalogue de graines bio, certifiées ou non, beaucoup de variétés rares.

Magellan
350 rue de la Muque
59830 Cysoing
Tél. 03 74 09 47 50
www.magellan-bio.fr
Semences potagères, condimentaires, d'engrais verts et de fleurs bio.

Phytosem
ZI La Plaine-de-Lachaup
05000 Gap
Tél. 04 92 53 94 37
www.phytosem.com
Semences de fleurs sauvages des Alpes et de Provence, mélanges pour pelouses fleuries.

Plantspotagers.com
Laumède
30440 Roquedur
Tél. 04 67 82 50 45
www.plantspotagers.fr
180 variétés et espèces biologiques.

Potager d'un curieux (Le)
La Molière
84400 Saignon
Tél. 04 90 74 00 53
lepotagerduncurieux.wordpress.com
Petite production écologique non certifiée de graines de légumes rares, plantes potagères et fleurs.

Sativa
Sativa Biosaatgut GmbH
Keltenweg 4
79798 Jestetten-Altenburg
Allemagne
Tél. +41 52 544 06 00
www.sativa-semencesbio.fr
Plus de 500 variétés de semences potagères, aromatiques et florales, bio et biodynamiques.

Semailles (Les)
Rue du Sabotier 16B
5340 Faulx-les-Tombes
Belgique
Tél. 00 32 81 57 02 97
www.semaille.com
Semences et plants bio et biodynamiques.

Semences du Puy
1 chemin Sainte-Catherine
43000 Le Puy-en-Velay
Tél. 0471027240
www.semencesdupuy.com
Graines, arbres et arbustes des 5 continents.

PÉPINIÈRES

Alti-pep - Pépinière Altitude
Nermond
42920 Chalmazel-Jeansagnière
Tél. 0629062588
pepiniere-altitude.com
Variétés anciennes rustiques et d'altitude.

Arbreraie (L') - F. Commaille
Le chemin de Marcy
58800 Corbigny
Tél. 06 83 51 31 35
Plantes potagères et aromatiques en bio, pépinières d'arbres fruitiers, petits fruits, vivaces, arbres et arbustes ornementaux classiques, méconnus et rustiques, variétés anciennes et locales, paysagisme.

Aspeco, association des pépiniéristes collectionneurs
22400 Hénansal
Tél. 06 78 35 45 16
www.aspeco.net
Pour trouver facilement l'introuvable...

Atelier du végétal
La ferme miane
25 route du Libraire
24100 Bergerac
Tél. 05 53 57 62 15
www.atelierduvegetal.com
Plantes vivaces, aquatiques, graminées, collection de miscanthus.

Florama
3 bis route du Luy
64160 Bernadets
Tél. 06 31 93 07 45
www.florama.fr
Arbres rares.

Jardins de la Brande (Les)
24380 Fouleix
Tél. 06 85 41 39 62
Arbustes méconnus.

Jardins d'Ollivier (Les)
8 route nationale
91770 Saint-Vrain
Tél. 01 60 82 30 66
www.au-jardin-bio.com
Arbres fruitiers anciens et originaux, plantes vivaces, légumes anciens, petits fruitiers et fraisiers bio.

Jardivigne
89 avenue d'Agen
47110 Sainte-Livrade-sur-Lot
Tél. 05 53 01 30 80
www.jardivigne.com
Une cinquantaine de cépages de raisin de table en VPC.

Muigg Gunter
Les Landes
42810 Rozier-en-Donzy
Tél. 04 77 28 06 61
famillemuigg@gmail.com
Plants, légumes, carottes, choux, plantes aromatiques.

Payzons ferme
Rue des deux croix
56300 Neulliac
Tél. 02 97 39 65 03
www.payzonsferme.fr
Semences et plants de pommes de terre.

Pepin'Hier
200 impasse chantemerle
26150 Die
Tél. 04 75 21 28 91
www.pepin-hier.fr
Plants, légumes, variétés anciennes ou rustiques de plantes cultivées et de légumes.

Pépinière botanique
Château de Gaujacq
125 route de Bastennes
40330 Gaujacq
Tél. 05 58 89 06 62
www.pepiniere-botanique.com
Camélias, hydrangea, arbustes, grimpantes, vivaces : culture bio sans label.

Pépinières botaniques de la Preille
7 rue de la pépinière
Montreuil-Bonnin
86470 Boivre-La-Vallée
Tél. 05 49 57 86 61
www.lapreille.fr
Érables, chênes, arbustes rares...

Pépinière Bouet-Servat
D 618, 09800 Cescau
Tél. 05 61 96 84 95
Pépinière Bouet-Servat sur Facebook
Saxifrages, plantes pour rocailles de soleil et mi-ombre : culture bio sans label.

Pépinières Brochet-Lanvin
La Presle
51480 Nanteuil-la-Forêt
Tél. 03 26 59 43 39
www.pepiniere-brochetlanvin.com
Vivaces, arbustes, spécialité de plantes résistant au calcaire et au froid : culture sans pesticides ni herbicides.

Pépinières Chataignon-Vial
2000 route de grande communication
42740 Saint-Paul-en-Jarez
Tél. 04 77 20 97 22
www.pepiniereschataignon.fr
Fruitiers, châtaigniers greffés...

Pépinières Christophe Delay
Les Combes
38780 Estrablin
Tél. 04 74 57 14 42
christophedelay.pagesperso-orange.fr
Variétés anciennes et rustiques d'arbres fruitiers et rosiers de culture biologique, mention Nature et Progrès.

Pépinière Filippi
RD 613
Rond-point de Loupian
34140 MEZE
Tél. 04 67 43 88 69
www.jardin-sec.com
Plantes de terrains secs, pas de label bio mais une culture sans pesticide ni désherbant et le moins d'eau possible.

Pépinière Francia Thauvin
345 rue des pépinières
Domaine de Cornay
45590 Saint-Cyr-en-Val
Tél. 02 38 63 85 23
www.rosier-pepiniere.com
Rosiers anciens.

Pépinière du Grand Plantier
1107 route d'Uzès
30500 Saint-Ambroix
Tél. 04 66 24 82 82
www.pepinieredugrandplantier.com
Plantes à parfums, aromatiques, méditerranéennes ou originaires de l'Himalaya ou des plaines d'Europe Centrale.

Pépinière Grange
Chemin des terres rouges
30360 Vézénobres
Tél. 07 86 15 64 47
www.pepinieregrange.fr
Production de variétés anciennes et rustiques d'arbres fruitiers.

Pépinières La Hulotte
Kermunut
22200 Grâces-Guingamp
Tél. 06 81 98 31 40
Rosiers anciens, plantes grimpantes (clématites, jasmins, chèvrefeuilles...) et vivaces semi rustiques.

Pépinières Jean-Luc Delay
89 rue Pipet
38200 Vienne
Tél. 04 74 85 25 65
www.pepinieres-delay.com
Plantes d'ornement, plantes rares : culture bio sans label.

Pépinière du Lac des Joncs
Le Lac des Joncs
24580 Rouffignac-Saint-Cernin-de-Reilhac
Tél. 05 53 46 78 18
www.pepilacdesjoncs.com
Graminées ornementales et bambous.

Pépinière La Feuillade
Le Mazelet
30450 Genolhac
Tél. 04 66 61 15 92
www.lafeuillade.com
Arbres fruitiers, arbustes ornementaux variés, petits fruits : label bio Ecocert, orienté biodynamie.

Pépinières Lécuyer
1 rue des Charpentiers
Le Petit Veauville
76560 Héricourt-en-Caux
Tél. 02 35 96 52 21
Arbres et arbustes fruitiers en bio.

Pépinières Lemonnier
Les Écoulouettes
61250 Forges
Tél. 02 33 27 05 01
www.pepinieres-lemonnier.com
Plants forestiers, haies champêtres.

Pépinières Lepage bord de mer
Park Meur
Axe Lannion Trebeurden
22560 Pleumeur-Bodou
Tél. 02 96 47 27 64
www.pepiniere-bretagne.fr
Bambous, arbustes, hortensias, rosiers, vivaces...

Pépinières Lepage vivaces
Chemin du Portu
49130 Les-Ponts-de-Cé
Tél. 02 41 44 93 51
www.lepage-vivaces.com
Très large choix de vivaces, graminées, bruyères, fougères, condimentaires, aquatiques...

Pépinières Patrick Nicolas
8 sentier du Clos-Madame
92190 Meudon
Tél. 01 45 34 09 27
www.patricknicolas.fr
Plantes vivaces, arbustes d'ornement, petits fruits, etc. de culture biologique.

Pépinière Permafruit
La Coumeillo
11230 Tréziers
Tél. 07 80 33 24 81
www.permafruit.fr
Large choix d'espèces et de variétés résistantes d'arbres fruitiers et de petits fruits.

Pépinières Ribanjou
Zone Horticole du Rocher
Briollay
49125 Tiercé
Tél. 02 41 42 65 19
www.ribanjou.com
Tous arbustes à baies comestibles, petits fruits et haies avec large choix variétal, en culture bio.

Pépinière Spahl
Le Bousquet
32360 Jegun
Tél. 05 62 68 11 11
www.pepiniere-spahl.fr
Érables, osmanthus, chênes, spirées, viornes, plantes pour haies champêtres : culture bio sans label.

Romaric Horticulture
Chemin de la Larde - 38210 Tullins
Tél. 06 30 28 13 12
Plants, fleurs et plantes vivaces, fleurs et plantes annuelles, succulentes odorantes et carnivores.

Roseraie André Eve
301 route de Courcy - Gallerand
45170 Chilleurs au Bois
Tél. 02 38 30 01 30
www.roses-anciennes-eve.com
Le plus vaste choix de rosiers anciens.

Roseraie de l'abbaye de Valsaintes
Boulinette
04150 Simiane-La-Rotonde
Tél. 04 92 75 94 19
www.roseraie-abbaye.com
Rosiers soignés uniquement par homéopathie, aromathérapie. VPC mélanges d'huiles essentielles et de préparations homéopathiques.

Roseraie de Berty
07110 Largentière
Tél. 04 75 88 30 56
www.roseraie-de-berty.com
Roses anciennes en bio.

Senteurs du Quercy (Les)
Mas de Fraysse
46230 Escamps
Tél. 06 61 02 72 34
www.senteursduquercy.com
Plantes de sols secs et climat froid, iris, sauges.

Succulentes bio
30 Ancien chemin de Bompas
66000 Perpignan
Tél. 04 68 52 13 24
succulentesbio.blog4ever.com
Plants de cactées, plantes pour terrains secs.

Vialle Colette
07410 Pailhares
Tél. 04 75 06 04 05
vialleco@aol.com
Plants, arbres ou arbustes, plantes à massif annuelles.

Juliette et David Watson
Hameau de Caillens - 11140 RODOME
Tél. 06 87 93 38 88
www.larbreauxfruits.fr
Pépiniériste producteur de variétés anciennes et rustiques en agriculture biologique.

BIODIVERSITÉ

FIBL - Institut de recherche de l'agriculture biologique
Antenne France
Pôle bio - Écosite du Val de Drôme
26400 Eurre
Tél. 04 75 25 41 55
www.fibl.org
Une référence en Europe !

SEMAE - Interprofession des semences et plants
44 rue du Louvre - 75001 Paris
Tél. 01 42 33 51 12
www.gnis.fr
Organisme officiel chapeautant les différentes composantes du monde de la semence.

Grain'Avenir
Rue Pierre-Charignon
26750 Génissieux
Tél. 04 75 02 67 42
grainavenir.fr
Formation et accompagnement technique à la production de semences en agroécologie.

ITAB - Institut Technique de l'Agriculture Biologique
149 rue de Bercy
75595 Paris Cedex 12
Tél. 01 40 04 50 64
www.itab.asso.fr
Institut de recherche spécialisé dans le bio.

Musée départemental du Revermont
40 rue principale
Cuisiat
01370 Val-Revermont
Tél. 04 74 51 32 42
Verger-potager conservatoire des variétés locales de légumes et de fruits.

Nature & Progrès
13 boulevard Louis-Blanc
30100 Alès
Tél. 04 66 91 21 94
www.natureetprogres.org
Les véritables pionniers du bio en France.

OPASE - Croqueurs de carottes
Chez Le Biau Germe
Le Garliet
47360 Montpezat
www.croqueurs-de-carottes.org
Groupement de semenciers bio visant à préserver la diversité des variétés anciennes.

Réseau semences paysannes
10 place Clémenceau
47190 Aiguillon
Tél. 05 53 84 44 05
www.semencespaysannes.org
Organisme de défense des semences de ferme.

Savoirs de Terroirs
Le Pradel
07170 Mirabel
Tél. 04 75 35 88 50
savoirsdeterroirs.free.fr
Inventaire, sauvegarde, transmission, et valorisation des patrimoines et des savoir-faire ruraux : conservatoire de semences.

PLANTES AQUATIQUES

Alisma
1 rue Taurignan Castet
09160 Caumont
Tél. 05 61 66 77 63
www.alisma.fr

Jardin d'eau (Le)
102 Le Chauchix Rio
La Poterie
22400 Lamballe-Armor
Tél. 02 96 31 33 10
www.lejardindeau.com

Latour-Marliac
Le Bourg
47110 Le Temple-sur-Lot
Tél. 05 53 01 08 05
www.latour-marliac.com

ENGRAIS ET AMENDEMENTS

Angibaud
2013 route de Bédarieux
34500 Béziers
Tél. 04 67 31 27 64
www.angibaud.fr
Guano de poisson Guanumus, mention Nature et Progrès.

Biofertil
Domaine de Coutancie
24450 Saint-Priest-les-Fougères
Tél. 05 53 52 85 65
www.biofertil.fr
Fumier de bovins composté mention Nature & Progrès.

CP Jardin
19 bis rue Eugène-Mascart
BP 74056, 59570 Bavay
Tél. 03 27 66 97 12
Large gamme d'engrais organiques, en jardinerie.

Fumeco-Lèze
La Tuilerie
09130 Artigat
Tél. 05 61 68 99 23
www.fumeco.fr
Amendements organiques, terreau, mention Nature et Progrès.

J3C AGRI
11 rue Louis Lépine
ZI d'Êtriché
49500 Segré en Anjou Bleu
Tél. 06 02 29 28 75
www.j3c-agri.com
Purins d'ortie, de prêle, de consoude et de fougère.

Magellan (déjà cité, voir Semences)
Large gamme d'engrais et d'amendements, poudre de roches, corne, os, plume, terreaux, etc.

Naturendie
215 avenue de la Roche-Parnale
ZI La Motte Longue
74130 Bonneville
www.naturendie.fr
Tél. 04 50 25 75 02
Engrais organiques, purins végétaux, mention Nature et Progrès.

Or Brun
146 route de Beauvoir
85160 Saint Jean de Monts
Tél. 02 51 58 28 26
www.or-brun.com
Large gamme de fertilisants organiques, en jardineries.

Osmobio
14 rue Lavergne
22600 Loudéac
Tél. 02 96 28 09 05
www.osmobio.com
Engrais et stimulants foliaires à base d'extraits d'algues brunes, mention Nature et Progrès.

Paysage Équipement
Route de la Grange aux cercles
7 rue des Bouleaux
91160 Ballanvilliers
Tél. 01 69 10 18 70
www.paysageequipement.fr
Fertilisants organiques, terreau.

Quatre Vaulx-Jardin
Coetfinet
BP 4 - 22130 Corseul
Tél. 02 96 82 70 71
www.vaulx-jardin.com
Amendements organiques aux algues, compost forestier et terreau, paillage naturel...

Solabiol
60 Chemin des Mouilles
69130 Écully
Tél. 04 37 64 32 00
www.solabiol.com
Large gamme d'engrais en poudre ou liquides, terreaux, mention Nature et Progrès.

TPA-Fumeterre
729 route de Trept
38890 Saint-Chef
Tél. 04 74 92 41 63
www.tpa-fumeterre.com
Fumier de bovins déshydraté et terreau de Fumeterre, mention Nature et Progrès.

Zymovert compostière
Ferme du jardin
91470 Limours en Hurepoix
Tél. 01 64 91 46 26
www.zymovert.com
Terreau de feuilles compostées, écorces de pin, livraisons vrac aux particuliers rayon de 30 kilomètres.

MULCHS ET PAILLAGES

Biotero
111 chemin de Yemanville
76760 Criquetot-sur-Ouville
Tél. 09 70 35 72 83
www.biotero.fr
Écorces de pin broyées, paillettes de lin, terreau.

Landolt France
16, route d'Ungersheim
68190 Ensisheim
Tél. 03 89 35 60 60
www.landolt.com
Paillage géotextile Datex.

Magellan (déjà cité, voir Semences)
Paillettes de chanvre, feutre végétal.

Paysage Équipement (déjà cité, voir Engrais et amendements)
Écorces de pin, mulch de cacao.

Pépinières Lemonnier (déjà cité, voir Pépinières)
Dalles de paillage en fibres de bois.

Paillage-jardin.com
43, route de Neufchâtel
Le Paradis
76440 Sommery
Tél. 02 35 90 54 17
www.paillage-jardin.com
Fabricant de paillage pour les jardins.

Quatre Vaulx Jardin (déjà cité, voir Engrais et amendements)
Paillage fertilisant Fibralgo.

Reviron Tissage
34 avenue du stade
43600 Sainte-Sigolène
Tél. 04 71 66 15 54
www.reviron-tissage.com
Feutre de jute.

TRAITEMENTS BIO, PIÈGES ET LUTTE BIOLOGIQUE

Andermatt Biocontrol AG
Stahlermatten 6
6146 Grossdietwil (Suisse)
Tél. 062 917 50 05
www.biocontrol.ch
Lutte biologique, filets anti-insectes.

Biobest
Ilse Velden 18
B-2260 Westerlo (Belgique)
Tél. 00 32 14 257 980
www.biobestgroup.com
Lutte biologique, phéromones.

Biosystèmes France
Parc d'Activités des Bellevues
B.P. 227 Eragny
95614 Cergy Pontoise Cedex
Tél. 01 34 48 99 26
www.biosystemesfrance.com
Pièges à insectes, rubans, effaroucheurs pour oiseaux...

Biotop
Passage des 4 saisons
26250 Livron-sur-Drôme
Tél. 04 75 60 09 31
www.biotop.fr
Large gamme d'auxiliaires et de phéromones, pièges à insectes.

CP Jardin (déjà cité, voir Engrais et amendements)
Large gamme distribuée en grandes surfaces et jardineries.

IF Tech
3 rue des magnolias
49130 Les-Ponts-de Cé
Tél. 02 41 72 14 27
www.iftech.fr
Lutte biologique (insectes auxiliaires), mycorhizes.

Isotronic
Suite 1404 - Tung Wai
Commercial Building
109-111 Gloucester Road
Wanchai Hong Kong
www.isotronic.com.hk
Divers appareils électroniques et parfois solaires pour éloigner les indésirables.

Magellan – Déjà cité (voir Semences)
Large gamme pour le jardinage et l'agriculture biologiques en VPC.

Neodis Agrinet
ZA Le Pâtis
10 rue Clément Ader, BP 66
78512 Rambouillet Cedex
Tél. 01 34 94 19 22
www.neodis-agrinet.com
Pièges à limaces, à guêpes, à mouches, barrière anti-rampants en Téflon. L'essentiel de la gamme n'est pas bio.

Solabiol (déjà cité, voir Engrais et amendements)
Héliosoufre, BT, fortifiant au cuivre, gamme de fertilisants bio.

Sopropêche
ZI de la trésorerie
62126 Wimille
Tél. 03 21 32 27 27
www.sopropeche.com
Tourteau de neem Nematorg et tourteau agricole de ricin.

Windhager France
2A rue de Bruxelles
67170 Bernolsheim
Tél. 03 90 64 59 79
www.windhager.eu/fr/
Protection contre les nuisibles : barrières, filets, pièges, appareils électroniques et électromagnétiques, anti-limaces non toxiques, appareils anti-taupes...

OUTILS ET MATÉRIEL

Agrijute Dumarché
Les Alouettes
71880 Châtenoy le Royal
Tél. 03 85 42 77 55
www.agrijute.com
Filets de jute ou coco pour talus.

Boite à terre (La)
ZAC Parc de Haye, 37 route Henry
54840 Bois de Haye
Tél. 03 83 23 26 72
laboiteaterre.fr
Lombricomposteur en bois.

Cecotec
Chemin des maraudeurs 6
B-4910 Theux (Belgique)
Tél. 00 32 474 25 83 81
www.cecotec.eu
Cultivateur à roue, Guerilu, sorte de grelinette, désherbeur thermique.

CMF GROUPE
BP 10 001 - Varades
44370 Loireauxence
Tél. 02 40 98 34 00
www.cmf-groupe.com
Serres maraîchères ou horticoles en verre ou plastique.

Ducoterre
Parc d'Activités du Pays des couleurs
38510 Arandon Passins
Tél. 04 74 83 00 46
www.ducoterre-jardinbio.com
Fourche à bêcher.

Émeraude ID
17 rue de Broglie
22307 Lannion Cedex
Tél. 02 96 48 40 00
www.emeraude-id.fr
Composteurs, récupérateurs d'eau de pluie : entreprise solidaire.

Fertil
38 rue de Bellevue
92100 Boulogne-Billancourt
Tél. 01 46 04 41 24
www.fertil.fr
Godets de culture en fibres végétales, en jardineries.

Gardigame
Fabrique des Gavottes
3395 rue de Franche-Comté
BP 17
39220 Bois-d'Amont
Tél. 03 84 60 90 01
www.composteur-bois.eu
Silos à compost en bois.

Grelinette (La)
95 impasse du manoir
73800 Arbin
Tél. 04 79 84 14 53
www.graines-grelin-grelinette.com
Grelinette : le premier et le plus connu des outils travaillant sans retournement.

Humifère
10 avenue Louis Chêne
79100 Saint-Jean-de-Thouars
Tél. 09 50 21 37 74
www.humifere.fr
Biobêches.

Komat
38 avenue François Mitterrand
BP 10015
59494 Petite-Forêt
Tél. 03 27 42 96 95
www.komat.fr
Serres de jardin, verre ou plastique, châssis de couche, serres de balcon, films et accessoires.

Hervé Le Gal
La Forge de Saint-Aubin
56420 Plumelec
Tél. 02 97 01 30 83
www.biobeche.net
Biobêche

Magellan (déjà cité, voir Semences)
Filets anti-insectes, cloches, cultivateur à roue, feutre végétal, bâche mare, etc.

Mougel
3 rue d'Allemagne
44300 Nantes
Tél. 02 40 68 05 00
www.mougel.fr
Tamis.

Paysage Équipement (déjà cité, voir Engrais et amendements)
Bâches pour serre, protections contre les animaux.

Saelen
3 rue Jules Verne
L'Orée du Golf
BP 17 - 59790 Ronchin
Tél. 03 20 43 24 99
www.saelen.fr
Semoir à bras, broyeurs pour compost.

Serres Crysland
Kervanal - 29370 Coray
Tél. 02 98 59 72 87
www.serre-de-jardin-crysland.com
Serres de jardin en aluminium ou verre, armatures acier galvanisé, couverture polyéthylène.

Serres dômes (Les)
ZA Les Plagnes
43450 Blesle
Tél. 09 81 85 50 42
www.serre-dome.com
Serres de jardin en polycarbonate en forme de dôme.

Terre Native
29 quai Saint-Vincent
69001 Lyon
Tél. 09 51 70 93 54
www.terrenative.com
Lombricomposteurs.

Tom Press
ZA de la Condamine
81540 Sorèze
Tél. 05 63 71 44 99
www.tompress.com
Séchoirs (déshydrateurs) électriques.

Tradex
ZA Cambrai-Sud - BP 262
Avenue Georges Nuttin
59405 Cambrai
Tél. 03 27 81 26 78
tradex.pagesperso-orange.fr
Silo à compost modulable en plastique ou en bois.

Yorg Outils
Glapigny, BP 1
74230 Thônes,
Tél. 04 50 02 05 89
Outils de jardin, notamment « jardineur », outil cumulant les fonctions de binette, de serfouette et de râteau.

CONSEILS, PAYSAGISTES ET ANALYSE DE SOLS

Aurea Ardon
270 allée de la pomme de pin
45160 Ardon
Tél. 01 44 31 40 40
aurea.eu
Analyse et conseils en agro-environnemental.

Buet Environnement
ZA La Grignardais S3
22490 Pleslin-Trigavou
Tél. 02 96 39 35 75
www.buetenvironnement.com
Création jardins, taille douce, etc.

GEMAS
www.gemas.asso.fr
Réseau national de laboratoires d'analyses de sol.

Jardins de l'Albarède (Les)
L'Albarède - 24250 Saint-Cybranet
Tél. 05 53 28 38 91
www.jardins-albarede.com
Conception de jardins, paysagiste conseil.

Laboratoire agronomique de Normandie (LANO)
Quartier du Bois Ardent
23 rue A. Grandin
50008 Saint-Lô Cedex
Tél. 02 33 77 38 15
Analyses de sol

Teyssier Laboratoire
Route des Junchas - 26460 Bourdeaux
Tél. 04 75 53 31 43
www.laboratoire-teyssier.com
Analyses agronomiques et environnementales.

UMR Ecosys Inra AgroParisTech
Route de la Ferme
78850 Thivernal-Grignon
Tél. 01 30 81 55 55
www6.versailles-grignon.inra.fr/ecosys
Physicochimie et écotoxicologie des sols d'agrosystèmes contaminés.

JARDINAGE ÉCOLOGIQUE ET MARES

Agru-environnement
304 avenue jean Jaurès - 69007 Lyon
Tél. 04 72 76 88 30
www.agru.fr
Bâches pour mares.

Bioplancton
Rue de Lausanne 9
1028 Préverenges (Suisse)
Tél. 00 41 21 802 33 56
www.bioplancton.ch
Produits naturels pour l'entretien des plans d'eau en VPC.

BTA Étanchéité
20 rue des Mercuriales
67450 Lampertheim
Tél. 03 88 50 00 05
BTA - Belles Terrasses d'Alsace sur Facebook
Plastiques pour mares.

Celloplast
13 route de la Révolution - Ballée
53340 Val du Maine
Tél. 02 43 64 14 14
www.celloplast.fr
Tout le matériel pour mares, jardins aquatiques, plasticulture, décoration jardin, serres, vente en jardineries.

RÉCUPÉRATION DES EAUX DE PLUIE

Aquatiris
7 rue des Artisans
35310 Bréal sous Monfort
Tél. 0 800 300 325
www.aquatiris.fr
Fabricant de « jardins d'assainissement ».

Caby
34, rue Brûlée - 59158 Thun-Saint-Amand
Tél. 03 27 26 92 15
www.caby-produits-beton.com
Fabricant de cuves en béton de 5 à 15 m^3.

Citerne Verte (La)
ZI de la Boitardière - 124 rue de la Girardière
BP226 - 37402 Amboise Cedex
Tél : 02 47 25 59 10
www.la-citerne-verte.com
Citernes souples horizontales pour eau de pluie, grande capacité.

Celesto
175 bis boulevard Carnot
59420 Mouvaux
Tél. 03 20 70 03 14
www.celesto.fr
Grandes cuves en béton avec filtration pour le jardin et la maison.

Gardena
Husqvarna France
ZAC Les Barbanniers Immeuble Exposial
9 :11 Allée des Pierres Mayettes
92635 Gennevilliers Cedex
www.gardena.com
Tél. 0810 00 78 23
Collecteurs filtrants et réservoirs d'eau avec structure bois et bâche intérieure.

Graf
45 route d'Enolsheim
67120 Dachstein-Gare
Tél. 03 88 49 73 10
www.graf.fr
Cuves, citernes et bacs collecteurs, silo à compost...

Jardins et saisons
ZA Les Lats
BP 10 - 69510 Messimy
Tél. 04 78 45 42 27
www.jardinetsaisons.fr
Collecteurs et réservoirs pour l'eau de pluie, tuyaux microporeux, goutte-à-goutte en VPC.

Olivier Beton
Moervaartkaai 15
B-9042 Gent
Belgique
Tél. 00 32 93 26 95 20
www.olivierbeton.be
Grandes cuves en béton avec filtration pour le jardin et la maison.

Ozelo
Parc du Talou - 76200 Dieppe
Tél. 02 35 84 30 13
Ozelo France sur Facebook
Cuves et tous équipements de récupération de l'eau de pluie.

ANIMAUX ET BASSE-COUR

Association Ferme
Chez Daniel Piquet
136 chemin du provençal
01480 Fareins
association-ferme.org
Fédération pour promouvoir l'élevage des races domestiques menacées.

Cab'ane
113 impasse Saint-Jean
07170 Villeneuve-de-Berg
Tél. 04 75 94 84 26
www.cab-ane.fr
Tout le matériel pour l'attelage, la randonnée et les soins aux ânes en VPC.

Chez Poulette
Christophe Pavie - 17150 Nieul-le-Virouil
levirouil.free.fr
Éleveur de poules : excellente sélection fermière de Houdan.

Compagnie du bicarbonate
« Les Linières »
25 bis boulevard de Bad Kostritz
02300 Chauny
Tél. 03 23 38 84 07
www.compagnie-bicarbonate.com
Produit naturel contre les poux rouges des poules : Bi-poux.

Eco-poules
4 rue Gillois
68600 Volgelsheim
Tél. 06 89 17 80 84
Eco-poules sur Facebook
Poulaillers en kit, matériel avicole, poules.

Entente avicole de Tercé
La ferme avicole
5 Le Pré Caillé
86800 Tercé
Tél. 05 49 56 68 23
www.ententeavicole.com
Éleveur de poules : Barbezieux, Marans, Sussex, Coucou de Rennes, Orpington, Brahma perdrix, Gâtinaise.
Farmili
59 chemin du Moulin-Carron
69570 Dardilly
Tél. 09 72 68 10 10
www.farmili.com
Vente en ligne de matériel d'élevage.

Farmline
Meyas
26400 Soyans
Tél. 04 75 76 03 90
www.farmline.fr
Vente en ligne de matériel d'élevage.

Fédération française de volailles (FFV)
2 et 3 hameau de Pierreville
55400 Gincrey
Tél. 03 29 87 15 56
volaillepoultry.pagesperso-orange.fr
La FFV assure principalement une liaison entre tous les éleveurs à travers les organisations avicoles spécialisées.

Ferme de Beaumont
Route de Beaumont
76260 Eu
Tél. 02 35 86 15 94
www.fermedebeaumont.com
Vente en ligne de matériel d'élevage.

Ferme de Manon
1270 route de Bourgoin
38460 Chozeau
Tél. 04 69 31 80 10
www.lafermedemanon.com
Animaux, matériels et accessoires pour éleveurs et particuliers (vente en ligne).

Magellan (déjà cité, voir Semences)
Produits naturels.

Vetopole 26
320 rue du Plateau d'Ambel
26300 Châteauneuf-sur-Isère
Tél. 04 75 72 71 80.
vetopole26.chezmonveto.com
Produit naturel contre les vers des poules : Fytofree.

TRANSFORMATION ET CONSERVATION DES RÉCOLTES

Bolivia Inti Sud Soleil
8 rue Saint-Domingue
44200 Nantes
Tél. 02 51 86 04 04
www.boliviainti-sudsoleil.org
Cuiseurs solaires en plan, en kit ou montés, stages.

Max Labbe
26 rue Rémy
95430 Auvers-sur-Oise
Tél. 07 81 48 22 81
maxlabbepoteries.fr
Germoirs à céréales en terre.

Moulins d'Alma (Les)
19 avenue Georges Bert
26260 Saint-Donat-sur-L'Herbasse
Tél. 04 28 55 00 70
www.moulins-alma.com
Moulins à céréales, extracteurs de jus.

Transferme - Moulins Tyrol (Les)
39 quai de la Monnaie
71100 Châlon-sur-Saône
Tél. 09 74 56 35 49
www.transferme.fr
Moulins à céréales.

SAMAP écosystème
34 chemin de la Speck
68000 Colmar
Tél. 03 89 71 46 36
samap-eco.fr
Moulins à céréales, pétrin mécanique, aplatisseur à céréales.

SIMACO
1 ZI Saint-Éloi
57320 Bouzonville
Tél. 03 87 78 25 14
www.simaco-shop.com
Tout le matériel pour les jus de fruits, du broyage à la pasteurisation, de 30 à 1500 litres, extracteur de jus modèle familial, produits distillation.

SMEF
Z.I. Varinard
42840 Montagny
Tél. 04 77 63 05 11
www.pressoirs-a-fruits.com
Pressoir à fruits et petits fruits, broyeurs à pommes et poires.

Tom Press (déjà cité, voir Outils et matériel)
Matériel pour transformation de fruits, légumes et céréales, catalogue VPC gratuit.

DÉJÀ PARUS AUX ÉDITIONS TERRE VIVANTE

1000 remèdes à faire soi-même
Teintures mères, macérats, baumes, lotions, sirops, tisanes…
Claudine Luu

Balade médicinale au fil des saisons
20 plantes sauvages pour se soigner
Sylvie Hampikian et Virginie Quéant

300 plantes médicinales de France et d'ailleurs
Identification, principes actifs, modes d'utilisation
Claudine Luu et Annie Fournier

Manuel de phytothérapie écoresponsable
Se soigner sans piller la planète
Aline Mercan

Solutions pour un jardin résilient
Climat, pollution, biodiversité
Jean-Paul Thorez

Le Guide Terre vivante des fleurs au jardin bio
750 variétés choisies pour cultiver la biodiversité
Brigitte Lapouge-Déjean et Serge Lapouge

Un jardin fruitier pour demain
Adapter son verger au changement climatique
Robert Kran et Perrine Dupont

Je crée mon carré médicinal
20 plantes pour composer sa pharmacie naturelle
Christine Cieur et Thomas Alamy

Créer son jardin d'aromatiques bio
Tout savoir pour les choisir, les cultiver, les utiliser
Brigitte Lapouge-Déjean, Sylvie Hampikian et Nathalie David-Bernadat

Encore plus de références dans l'annuaire des bonnes adresses sur notre site
www.terrevivante.org

PEFC 10-31-1510

Achevé d'imprimé en France par Corlet (Condé-en-Normandie)
N° 22030634 – Dépôt légal : août 2022.